無敵犯

刑事課・亜坂誠 事件ファイル101

浅暮三文

集英社文庫

無敵犯

刑事課・亜坂誠　事件ファイル101

一

M教会は関東の地方都市にあった。古い板塀に囲まれた敷地には、漆喰《しっくい》造りの小さなチャペルと田舎《いなか》の集会所を思わす木造家屋が一棟だけ併設されている。

秋口のある夕方、教会の責任者であるシスターは門から中に入った。ともに暮らす二人の聖職者や付属施設にいる二人の子供たちのための買い出しから帰ったところだ。

両手に提げた買い物袋には、地元の商店が融通してくれた売れ残りの肉類と賞味期限が近い缶詰が入っていた。その日、シスターが手に入れた戦利品だが、自身も含めて総勢五人が口にすれば、二、三日で消えてしまう程度だった。

従って今日からの一週間、この食料を近隣の農家が無償で提供してくれた野菜、信者からの厚意の品で、かさましして、もたせなければならない。だがそれが底をつけば、またやりくりに頭を悩ますことになる。

ボランティアの人々による喜捨はありがたい限りだ。しかし必要なときに必ずあるわけではない。一方、空腹はタイマーと同様で、一定の時間がくれば腹を鳴らす。いっそ、廃棄処分される食品が入手できるルートを開拓するべきだろうか。

だが違法ではないかたちでとなると、いつも業者が定めたマニュアルという厚い壁に阻まれてしまう。廃棄される食品を活用するネットワークがあることはシスターも聞き及んでいたが、限られた範囲での活動だけにシスターの教会まで手が回ることはなかった。

なにかがおかしい。この国では大量の食品が生産され、大量に破棄される。処分量は年間にして三百万トン近く。安心安全をうたい文句に、まだ食べられるのに、一定の時間を過ぎると食べ物はゴミになってしまう。

それをスーパーでは「三分の一ルール」というそうだ。食品の販売期間を区切る悪魔の目安だ。例えば、小売店へ納品される加工食品の場合は賞味期限の三分の一まで。店頭で販売されるのは三分の二までの品。その期間を過ぎると商品は販売期限切れとなる。仮に賞味期限が一年とすれば四ヶ月を残して返品・廃棄されるのだ。

処分されるのは加工食品に限らない。規格サイズに合致しない生鮮食品もそうだ。そうやって食品はゴミとなり、さらに廃棄費用を払ってまで処理業者にひきとってもらうことになる。まだ食べられるというのに時計の針がカチリと進むと、食べ物にはゴミという呪いがかけられるのだ。

どこか遠くから物悲しい音楽が届いていた。数ヶ月前からヒットを始めた「ルビーの指環《ゆびわ》」だ。シスターは溜息《ためいき》を吐《つ》いた。買い物など、少しも楽しくない。辺りは夕日で赤く染まっている。チャペルの手前でシスターは、擦り傷を思わせる空の赤さに目をしばたたかせた。買い物に出かけるたびに湧く思いが憎らしかった。

それでも教会に帰った安堵《あんど》感から気を取り直したシスターは、チャペルへと足を進めた。すると入り口に奇妙な物が置いてあることに気付いた。近眼だが眼鏡《めがね》をかけていないシスターには茶色い物体が横たわっているように思えた。

——野良犬が寝ているのかしら。

しばらく視線を注いでいたが、動き始める気配はない。シスターは買い物袋を提げたまま、恐る恐る近づいた。

犬ではなかった。茶色いタオルの塊だった。幾重にもひだとなった使い古しのコットンの生地の中にピンク色の肌が見えた。

シスターは買い物袋を地面に置くと、かがみ込んでタオルの塊に顔を近づけた。そこにあったのは赤ん坊の顔だった。タオルからのぞく、柔らかそうな頬は桃を思わす肌理《きめ》をしていた。眠ってはいなかった。泣きじゃくるわけでもなかった。ただ目を見開き、のぞき込むシスターに視線を据えている。まだ生まれて数ヶ月らしいと判断できた。

改めて視線を四方に巡らしたが、人がいる気配はなかった。シスターは両手を伸ばすと赤ん坊のタオルを開いた。

赤ん坊は短い手と足を広げている。誰かに抱きとめられるのを待つように。顔と同様に桃を思わす肌が赤い夕日に染められた。シスターはタオルのあちこちを改めた。しかし求めるものは見当たらない。

置き手紙はなかった。戸籍や住民票を手配するために必要な出生証明書もない。社会的な裏付けはもとより、名前やこの子がここに置かれることになった経緯はいっさい分からないことになる。

――つまり、この子は法的にはまだ生まれていないのね。

だがシスターは動揺しなかった。経験上、このようなケースの赤ん坊の場合は、行政上の手続きとしては簡易ですむ。要は親権のない「棄児《きじ》」、つまり捨て子として申請し、引き取ればいいのだ。就籍《しゅうせき》という手続きに当たる。

終戦後、旧樺太《からふと》や千島《ちしま》列島から引き揚げてきた日本人は、本籍地を失い、無戸籍の状態となった。就籍はそれを救済するために作られた仕組みだったが、今では棄児のケースに応用されている。

赤ん坊を眺めていたシスターの頬が緩んだ。先ほどまで頭を悩ませていた食料のやりくりについての悩みは霧散していた。また一人、施設に子供を引き取る面倒についても、思いが至ることはなかった。それよりも脳裏に浮かんだことがあった。

――なんて名前にしてあげようか。

シスターの胸に喜びが走った。改めてヒントを求めて辺りに視線をやった。教会も秋の空も、にじむように赤い。敷地の隅のカエデは色づいている。またヒット曲が風に乗って耳に届いた。しかしシスターにはもはや悲しげに感じられなかった。

脳裏で思案をあれこれ巡らせ、口元を緩めながらシスターはタオルの中を再び改めた。そしてその両足の付け根に目を凝らした。

「あらあら」

わずかな言葉がシスターから漏れた。赤ん坊の性別を見定めたシスターは、男女どちらであるにせよ、とにかくこの子は神からの授かりものなのだと考えた。だからそのように育てようとも。

＊

十月四日、午前十時過ぎ、西口昌子《にしぐちまさこ》は甥《おい》である亜坂誠《あざかまこと》のマンションに着いていた。その日は火曜日だったが、誠の娘である理沙《りさ》が通う保育園は設備工事で休みだった。

妹の息子である誠は近隣を管轄するK署に刑事として勤めている。明日からは休暇届を出しているそうだが、今日はまだ勤務のために署で待機する必要があり、一日だけ面倒を見てくれと昌子は頼まれていた。

理沙は誠と二人暮らしだ。事情があって離婚した母親は海外にいることが多く、会えるのは年に数度となる。一方、昌子は誠のマンションから数駅先、東京都下の国立《くにたち》市に暮らしていた。開業医で時間に都合が付くため、ときどき、今日のように駆り出されることになるのだ。

預かっている合い鍵でマンションのドアを開け、リビングへ入ると、ソファにいた理沙がさっと身を起こして座り直した。寝転がって絵本を読んでいたらしい。昌子は理沙の行儀作法については口うるさい。今の反応も厳しくたしなめられるのを予測してのことだろう。

「昌子伯母《おば》さん、お忙しいところ、ありがとうございます。お世話になります」

昨年、国分寺《こくぶんじ》市で少女誘拐事件が起きた。そのときも昌子は理沙の面倒を見たが、あれから一年が経過しており、当時四歳だった理沙は現在、五歳。来春には小学校に入学する。

読書好きで年齢以上に語彙《ごい》が豊富な理沙だが、それでもおよそ似つかわしくない言葉遣いだった。自身以外に対しては、もっとくだけた調子で理沙がしゃべることを昌子はしっていた。

おそらく誠から礼儀正しく挨拶するように言い含められたのに違いない。昌子は内心、微笑《ほほえ》ましく思いながら一言、苦言を口にした。

「ご本を読むときは、ちゃんと背筋を伸ばさんとあかんで」

たしなめられて理沙が顔を伏せる。しかし視線は盗み見るように昌子の手元をうかがっていた。昌子は及第点をやることにした。女の子は上品かつ、たくましくなければならない。ましてや理沙のような家庭環境なら。

自身も独身で、まだ女性の権利が今ほど確立されていない頃から社会と格闘してきた昌子の持論だった。昌子は提げていたショッピングバッグをテーブルに置いた。

「まあ、ご挨拶はちゃんとできるようになったみたいやから、これはごほうびのおやつ。朝ご飯はすませてるんやな？」

昌子の言葉に顔を上げた理沙は、うなずきながら視線をバッグに注いでいる。いつものことだが、今日はなにを食べさせてくれるのだろうと興味津々の様子だ。思わず言葉を口から漏らした。

「甘いのですか、辛いのですか」

昌子は再び心中に笑みを浮かべた。理沙の世話に駆り出されるとき、昌子はいつも珍しいおやつを用意する。ごほうびと表現したが、五歳の理沙にとって珍しいおやつとは、今までしらない外の世界を体験することだと昌子は考えていた。

理沙は引きこもりがちな性格だった。警察官である父親と忙しい母親との間を行き来するからか、落ち着いた家庭環境をしらずに育った。そのためか、遊び相手はいつも本。社交性はほとんどない。それを少しでも解きほぐしたいと昌子は感じていたのだ。

「理沙、あんたコンデンスミルクってしってるか」

神戸出身の昌子は甥の誠や理沙と会話するときには関西弁となる。それはある意味で理沙に対する愛情の表れでもあった。二人が同胞だというシグナルなのだ。また強い言葉を遣うことで、いつまでも理沙を子供扱いせず、相手との会話の機微を理解させるレッスンにする意味合いもあった。

「昨日な、スーパーで見つけたんや。なんとまあ懐かしい、鷲《わし》のマークのコンデンスミルクやがな。ちょっとラベルは変わったけど」

昌子が買い物袋から缶詰を取り出した。

「缶詰のコンデンスミルク？　チューブじゃなくて？」

理沙は怪訝《けげん》な顔で見ている。コンデンスミルクが甘く白い練乳なのはしっているようだが、見慣れたタイプではないからだ。

「私がまだ子供の頃は、コンデンスミルクといえばこれやった。神戸でよく食べたもんや。まだあったんやな」

以前、昌子はハインツのクラムチャウダーを持ってきてやったことがあった。その缶詰も理沙にとっては初めての体験だったが、今回の缶詰は同じようなサイズで、白いラベルに羽を広げた青い鷲が描かれている。ブランドはネスレ。

「神戸は私らが子供の頃から舶来品がいっぱいあった。三宮《さんのみや》のミッチャンは中国製の万年筆が百円やったんやで。店の前には星の模様が綺麗《きれい》なミルキーウェイのヌガーバーが並んでた。あれは舌が痺《しび》れるかと思うくらい甘かったなあ」

昌子が語る内容は理沙には半分も理解できなかっただろう。ミッチャンが何であるか、舌が痺れるくらい甘いとはどんな感覚かも。そこで、昼食を終えてしばらくして昌子はおやつを用意してやった。

「ええか、こうやって食べるんや。簡単やろ」

昌子は食パンをカットし、トースターで焼き、そこにコンデンスミルクをいやというほど塗った。口に運んだ理沙は溜息を漏らし、目を閉じた。昌子も同様だった。鷲のマークのコンデンスミルクは舌が痛いほど甘かった。口の中に幸福と喜びが広がる。

「昌子伯母さん、本当に甘いです」

「誠には絶対に内緒やで。あの子は甘いもんには、いろいろうるさいやろ。そやけど甘いもんは、このくらいやないと、すっきりせん」

昌子が語っているのは、甘味についての女同士の協定だった。父親の誠は間食に関しては糖分を控える主義だ。しかし子供とはいえ、理沙も女だ。昌子の意見に同意しているのは、うっすらと分かっている。

おやつとは健康食品ではない。昌子はそもそも医者だが、甘い物は特別なのだ。男にとっての酒と同等の、ストレスを発散してくれる妙薬と考えている。そしてそれは、女だけの秘密なのだ。

おやつを食べ終え、理沙は絵本に戻った。昌子は持参した新聞に目を通すことにした。午後の時間がゆっくりと過ぎていく。今日は一日、こんな調子だろうと昌子が考えていたとき、新聞の社会面の記事が目に留まった。

「へええ、ショッピングモールやて。週末、近所に大きいのがオープンするそうや」

理沙が本から顔を上げると問い返してきた。

「モールってなんですか」

「ショッピングモールちゅうのんは、お店がたくさん集まってて、なんでも売ってる場所のことや」

「近所というのはどこですか」

「駅前から出るバスで少し行ったところらしいな。あそこには確か都の医療施設があったが、移転するんで空き地になったんやて。かなりの敷地やから都内随一のができるんやな」

そこまで告げてから昌子はふと考え込んだ。

「そういえば理沙、あんたは来年から小学校やな。ほんなら、ランドセルを買わんとあかんな。今週お母さんが帰ってくるから、土曜日に三人で見にいこか」

つぶやきながら昌子は新聞に目を戻した。この週末、海外にいる母親の美由紀《みゆき》が戻る予定だった。そして理沙はしばらく母親と過ごすことになる。

「昌子伯母さん、ランドセルってなにを入れるのですか？　保育園の前を通るお兄さんやお姉さんが背負ってますけれど」

「そりゃ、教科書とノート、それに鉛筆なんかや」

理沙は来年から通う小学校をとても楽しみにしているようだ。そして保育園の前で見かける年長の子供たちが背負っているランドセルに興味があるらしい。昌子は新聞紙面を読みつつ、そう理解した。

不意に理沙が立ち上がる気配があった。リビングを後にしたと思うと、しばらくして戻ってくる。昌子は新聞から目を上げた。肩から斜めにポシェットを提げた理沙が目の前に立っている。ポシェットはいつも外出時に使うものだ。

「あんた、もしかして出かけるつもりか」

昌子は今までの会話を思い返して告げた。

「オープンするのは週末や。まだ開いてへんで」

「見学したいんです」

先ほどのやりとりから理沙はショッピングモールがとても広く、ランドセルやそこに入れるべきものが、なんでも揃《そろ》っていると判断したらしい。

「お店が開いていなくても、外からのぞくだけでいいんです」

理沙の目がいたずらをたくらむように輝いている。しかしその真意が昌子にはつかめなかった。昌子は壁の時計を見やった。午後三時を過ぎていた。

「すぐに寒うなるで。今度にしとき」

「お風呂にはちゃんと入ります」

理沙が交換条件を出した。理沙は風呂になるとぐずる。入っても烏《からす》の行水程度だ。それでいつも一悶着《ひともんちゃく》ある。

「それで当たり前。子供の仕事のひとつは、ちゃんとお風呂に入ることや」

「はい。いわれた時間にちゃんとベッドにもいきます」

再び条件が提示された。ちょっとした外交交渉だった。昌子は行儀作法を徹底させる、よい機会と考えて尋ねた。

「これからずっとか？」

「はい」

「伯母さんがおらんときには元に戻るんやろ。そういうのを二枚舌とゆうんやで。それでは約束にならん」

「約束します。それに伯母さんはいつも外の世界をよく見るようにおっしゃってます。だから勉強です」

したたかな返答だった。要求自体は子供のものだが、痛いところをついてくる。昌子が理沙にしつけようとすることを逆手に取ったのだ。

昌子は折れることにした。理沙をショッピングモールに連れていかなければ、自身が二枚舌であることになる。それでは今後の立場がたちゆかない。

「伯母さんが帰るゆうたら、おしまいやで」

「はい」

昌子は理沙に引きずられるようにマンションを出ると、駅前まで足を運んだ。そしてショッピングモールの方角へ向かうバスに乗る。就学前の幼児は無料。理沙は窓の外を真剣な視線で眺め続けている。

数駅ほどバス停を過ぎると、目的の医療施設跡地となった。理沙はすでに座席から腰を上げ、ドアが開くのに待機している。二人はそこでバスを降りた。秋口の風に頰をさらしながら理沙は昌子と手を繫《つな》ぎ、ショッピングモールの敷地に視線を巡らせ始めた。

昌子も辺りを見た。とても広い。まだ黒く汚れのないアスファルトがどこまでも広がっている。そこはモールの駐車場で、その先に煉瓦《れんが》を組み合わせたピンク色の建物が建設されていた。

——巨大な蛸《たこ》やな。それとも外国の遊園地か。

軟体動物が足を広げるように、建物は奇妙な形で軒を連ねている。駐車場を囲む緑の木々は海草を思わせ、客を波に乗せてモールへ迎え入れようとしているかのようだった。

繋いでいる手をひっぱって、理沙がモールの建物群へと足を進めた。少し先の建物は、どれもオープン前のために、壁面のガラスがビニールやボール紙で覆われたままだが、多くの人間が出入りしていた。週末のオープンに向けて大詰めの作業らしく、建設関係者や商品を運び入れる従業員の姿がうかがえた。どんな店が入っているかは内部が確認できず、把握できなかった。それでも理沙は昌子の手を引いて、モールの外を休みなく歩いた。

「もう、ええか。寒うなってきた。そろそろ帰ろか」

昌子は帰還を宣言し、見学はお開きとなった。取り引きの条件でもある、速やかな撤退だ。理沙はおおむね満足したようで、言葉に従い、昌子とバス停に戻った。そしてバスを待ちながら口を開いた。

「帰りに図書館に寄っていいですか。このご本は読み終わったので新しいのを借りたいのです」

理沙はポシェットに手を当てた。さっきまで読んでいた小振りの絵本が中に入っているらしい。昌子はうなずき、理沙とやってきたバスに乗り込んだ。

＊

M教会のチャペルの前に捨てられていた赤ん坊は二歳となった。周囲からは名前をもじって「ダレ」と呼ばれている。当時のシスターや聖職者たちは、すでに別の教会へ転任し、施設の子供たちの面倒を見るスタッフの顔ぶれも大きく変わった。

施設にはダレの他に二名の子供が暮らしていたが、すでに六歳と九歳の育ち盛りで、屋外で遊ぶことが多かった。ダレは走り回る二人を敷地の隅で眺めて、遊びに参加できるチャンスをうかがったり、声をかけてくれるのを待つのが常だったが、いつも二人はしらんぷりだった。

というのも、まだオムツがとれない二歳のダレが、おぼつかない足どりで二人を追いかけても足手まといになるのは当然で、二人にとっても我慢してダレの相手をしてやるのが面白いはずはない。

それに、施設の子供たちの遊び時間は限られていた。一日の大半は、教会の手伝いや勉強に充《あ》てられていたからだ。だから二人は、許される限り自由時間を満喫していたのだ。そんな二人の心情など、まだ二歳のダレには理解できなかった。

二人に無視されるたびに、ダレは泣いた。言葉がつたないために、自身の欲求を伝えることができなかった。ただ泣くことだけが唯一の表現手段で、ダレの嗚咽《おえつ》が始まると二人は施設の外にある公園へと消えるのが常だった。

新任のシスターは、敷地の隅で上がる泣き声に気付くと、教会から出てきてダレを児童室へ連れ戻した。そしてしばらく相手をしてくれる。古い積み木を並べたり、汚れた薄い絵本を読み聞かせ、ダレが泣きやむのを確かめると仕事へ戻ろうとする。

ダレはそのたびに、オムツの中にお漏らしをした。オシッコ、オシッコと口にして失禁を繰り返した。シスターはそれを叱りはしなかったが、顔を曇らせて粗相の始末をした。だがダレの行動は、シスターの困惑を肌で理解してのものだった。

相手が嫌がることを繰り返すことで、自身をどこまで受け入れてくれるのか見定めていたのだ。そうしなければ大人を信じられず、本当に自身が守られているのかどうか不安でしかたなかったのだ。

――心の底から受け入れられたい。この人はどうだろうか。

それが新任のシスターに対するダレの思いであり、心の奥底に刷り込まれた渇きだった。だからダレはよく泣き、失禁し、そして暴れた。しかしその思いが理解されることがないまま、ダレは育った。

月日が過ぎ、やがてダレは小学校に上がった。その間に一緒だった子供二人は養子として引き取られ、施設を出ていった。ダレにとって二人目の母親だったシスターは別の教会に移り、シスターは三人目となった。

年下の子供が数名、施設の新しい仲間となった。気が付くと、いつの間にか、それまでよく泣き、暴れるのが常だったダレは、無口で表情の乏しい子供になっていた。

施設の年下の面倒は見る。しかしそれは愛情からではなく、義務的なものに感じられた。小学校での授業態度はよく、成績は優秀だった。ただ、クラスメートとはほとんど会話することがなかった。そもそも施設から通う子供であるために、どこか特別な存在として級友に扱われていた。

絵を描くのが好きなダレは、児童室の床でチラシの裏白を広げて、思いつくままに絵筆を走らせた。教会の方針で絵を描くことは奨励されていた。だから一通りの絵の具は施設に揃っていた。だが、ダレの描く風景画は奇妙な様子だった。

自身が暮らす教会があり、その上に太陽らしきものが浮かんでいる。しかし太陽は真っ黒く塗られ、その下に広がる地面もただ黒一色だった。ダレの使う色は乏しかった。三人目のシスターは、なにを描いたのかと尋ねた。だがダレには「なにか恐ろしいもの」としか説明できなかった。

中学に通い始めても、ダレは学業では常にトップクラスだった。無口で内向的な性格は変わらなかったが、教師も教会のスタッフも安心しており、そのまま成長し、立派な聖職者へと進むことを期待されていた。しかしダレ自身は、幼いときに心の奥底に刷り込まれた渇きをぬぐい去ることはできなかった。

ときおり予告もなく、ダレの脳裏は得体のしれない痺れに占められ、四肢が脱力した。なにがそうさせるのかはつかめない。なにをどうすればよいかも分からない。ただ痺れが訪れる瞬間に怯《おび》えるしかなかった。

どこかに障害があるのかとも考えた。しかしそれを誰かに相談することはなかった。この秘密を打ち明けることは、自身の未来を閉ざすことになると思えたからだ。結果、成長する過程で自らを救うには、ふたつの方法しかないとダレは痛感するようになった。ひとつは学業だった。勉学を続け、優秀な成績を収めれば、奨学金で上の学校へ進める。高校、さらには大学へ行くのだ。それもトップクラスの。むろん神学に関係する方面でなければ、施設の世話になって進むことはできないとは分かる。しかし勉学を続ければ、教会の人間が望んでいるように聖職者として高位の地位に就け、そうすることで自身を育ててくれた教会へいろいろな恩返しが可能だろう。少なくともみんなに喜んでもらうことができる。

だが、もうひとつの救済手段は難問だった。

心についての救済。つまり神。

幼い頃から教えられてきた価値観であり、教義だ。確かに神に祈りを捧《ささ》げ、自身の救済を願うとき、心は安まり、脳裏の痺れは薄れる。しかしどうしてもぬぐいきれない違和感がダレにはあった。

それは、教会で教わってきた神が本当に自身にとっての神なのか、という問題だった。なぜなら、ダレがかつて描いた黒い絵、つまりは絶望について、ダレが教わってきた神は、あまりにも無関心なふうに思えたからだった。

教会では神の愛について教わった。万人があまねく、受けられるはずのものだ。しかし今まで自身は、わずかな恩恵さえ受けた憶《おぼ》えはない。神の愛は、自分が体験してきた現実とは、あまりにかけ離れている。もはや神は本当に死んだのではないか。そんな思いが脳裏をよぎった。

どこかが違う。ダレは生きることと絶望について、疑念を心に秘めるようになった。結果、無口で表情の乏しい哲学者のような人間になった。やがて成長したダレは、国立大学の文学部へ進み、キリスト教史を専攻した。答を探すために。

*

理沙は奇妙な落書きがあることに気付いた。前回、訪れたときにはなかったものだ。図書館の入り口の横。壁の隅に黒い字で短い単語が綴《つづ》られている。

子供が書いたのだろうか、大人の目には位置が低すぎて気が付かないだろう。昌子もなにもいわなかった。理沙も告げることはなかった。なんだろうかと思ったが、次に借りる本を何にするかで気がはやっていた。

平日ながら、それなりに混み合う図書館の児童コーナーに理沙は足早に向かった。奥にある児童コーナーはカーペットが敷かれたスペースで、靴を脱いで本を選ぶようになっている。振り返ると昌子は壁際にある小椅子に腰を下ろしている。

本棚に寄った理沙の目に、コーナーの隅にいた女の子が映った。ぺたりと腰を床に下ろし、本を広げている。手にしているのは、少し前に理沙が読んだ子供用のグリム童話集だ。理沙は女の子に近寄った。

「ご本、好き？」

そう声をかけると女の子は顔を上げた。なにかを食べているのか、口を小さく動かしながらうなずく。どうやら同じ読書好きらしい。

「それ、おもしろいよね」

「うん、おもしろい。前に教会で見たお話もある」

「教会？」

「うん。お話会のときに見た映画」

教会に行ったことがない理沙には、そこがどんなところか分からなかった。ただ、映画が上映されるということは理解できた。

「あなた、いくつ？」

「五歳」

返答があったとき、女の子から体臭が伝わってきた。よく見ると、長い髪はあまり櫛《くし》を入れていないのか、ところどころが絡まっている。着ている服にも汚れが目立った。とても痩せた体で、自身よりも背が低い。

女の子は小さな指で首筋を掻《か》いた。赤い斑点《はんてん》がいくつかうかがえた。しかし理沙は気にならなかった。むしろ興味が湧いていた。自分が好きな本をおもしろいと同意するなら話が合うはずだからだ。

「わたしも五歳。来年から小学校だね」

そう告げた理沙の言葉に女の子は顔を曇らせると尋ね返してきた。

「学校って楽しいの？　なにがあるの？」

「学校にはね、先生がいて、いろんなことを教えてくれるの。みんなはランドセルを持っていくよ。新しい友だちもたくさんできる」

「ランドセル？　いらないや」

少女は悲しげに言葉を返した。この子は学校に通える日を楽しみにしていないのだろうか。新しい友だちやランドセルに期待していないのか。しばらく考え、理沙は尋ねた。

「だったら一緒に使う？」

「いいの？」

女の子はたちまち嬉《うれ》しそうな顔になった。その様子が理沙も嬉しくて続けた。

「ランドセルは、今度オープンする大きなモールで売ってるの。駅からバスで行けて子供はタダ。内緒だけど行き方は全部、覚えたんだ。二人で見に行く？」

「お母さんがいいっていったら」

淋《さび》しそうに答えると、女の子は提げていたポシェットに手をやった。星がちりばめられたデザインだった。女の子はポシェットからなにかを取り出した。駅前で配られているティッシュだった。

「これ、甘いの」

そう告げ、ティッシュを口に入れた。理沙は視線を伯母にやった。昌子は図書館の新聞に目を通している。女の子には気付いてないようだった。

「もっといいものがあるよ」

理沙はポシェットの中に入れていたアルミホイルの包みを取り出すと、少女に渡した。昌子が作ってくれた、コンデンスミルクを塗ったトーストの最後の一片だった。

「買えない。あたし、お金ないから」

「あげる。おいしいよ」

少女は納得したのか、アルミホイルからつまんだトーストの一片を口にした。そして声を漏らした。

「甘い。こんなおいしいもの、初めて食べた。これ、なに？」

「鷲のマークのコンデンスミルク」

「すごい。天国にいるみたい」

その言葉で理沙は、目の前の女の子と友だちになれるだろうと確信した。秘密を二人で共有した気がしたからだ。

「わたし、理沙」

「あたしは、いつき」

二人は児童コーナーで挨拶を交わした。

「一人できたの？」

理沙は尋ねた。いつきはうなずいた。

「図書館なら、閉まるまで遊んでいていいんだ。タダだから。お母さんは帰ってくるのがいつも遅いの。でもね」

いつきは嬉しそうに付け足した。

「あしたは一緒に教会に行って、晩ご飯。教会のご飯、食べたことある？」

理沙は首を振った。

「温かくておいしいよ。チャプレンはちょっと怖いけど」

そう告げたいつきは、再びポシェットからティッシュをつまみ出すと口に運んでいる。この子はどうしてこんなものを食べるのだろう。ちゃんとお母さんがいるのに。

「今度、うちに遊びにくる？　大きな石垣のあるお家の横だよ。マンションの名前は」

理沙が続けようとしたとき、館内に大音響が響き渡った。同時に床がびりびりと揺れた。壁際の窓ガラスがはじけ飛び、棚から書物がなだれ落ちた。理沙は耳が痺れ、なにも聞こえなくなった。

なにが起こったのか理解できず、茫然《ぼうぜん》と辺りを見回した。割れたガラス窓の向こうで黒い煙が上がっていた。かすかに炎がうかがえた。やがて理沙の耳が元に戻ったとき、館内は騒然となっていた。

爆発だと叫ぶ声。逃げろと告げる誰か。慌てて外へ飛び出していく者、床にうずくまる人もいる。理沙は昌子を捜した。昌子は先ほど座っていた小椅子の横でかがんでいた。足元に窓ガラスの破片が散らばっている。

傷を負ったのか、かたわらにしゃがみ込む女性がいて、昌子はその人の額にハンカチを当てている。次いで昌子が女性になにか告げると立ち上がった。そして児童コーナーにくると、理沙に視線を注いだ。

衝撃は激しかったが、児童コーナーは図書館の奥まった位置にあったため、ガラスが飛んでくることもなく、本が散乱している程度だった。すばやく理沙が無事であることを確認した昌子は安堵したらしく、静かにうなずくとカウンターにいる司書に近づいていった。昌子が対した司書は女性で、硬直している。

「一一〇番と救急車を呼んで。それから救急箱を。私は医者です」

*

大学の卒業を前にして、ダレは一年間、海外へ留学することとなった。公的に優秀な生徒であると認められた者に許される文化庁の基金にパスしたからだ。向かった先はフランスだった。

寄宿したのはパリ。自らが育った教会と同じ海外の会派が運営する聖職者の施設だった。手配は教会のネットワークを通じてスムーズにすんだ。ダレは改めてキリスト教者の世界的なひろがりを痛感した。

言葉には不自由しなかった。英語はもちろん、フランス語の習練は積んでいる。大学は六区、サンジェルマン・デ・プレにあった。そこに籍を置いたダレは、来る日も来る日も専攻であるキリスト教史について学び続けた。到着した翌日、さっそくパリの国立図書館に足を運び、貴重な手写本に目を通したほどだった。また大学の休みを縫って、ヨーロッパ各地の古文書を漁《あさ》った。

ダレがその当時に読みふけった文献は、『ドア文書』『リヨン典礼書』『秘密の晩餐《ばんさん》』『両原理論』といった中世のものだった。いずれも異端審問の書記であり、カトリック側が批判した教義や式典について書かれたものだった。しかしダレは、それらの古文書を読めば読むほど、深い理解と共感を批判の裏側に感じることができた。

ダレは表向き、通常のカトリックだった。しかしフランスを留学先に選んだのには、かねてから感じていた神の教えに関する違和感があったからだ。それは大学でキリスト教史を学ぶ内に芽生え、うっすらとした確信をダレの心に植え付けていた。その真偽を確かめることが、留学の真意だったのだ。

パリの宿舎や大学にいる人間にも、自身の思いを打ち明けることはなかったが、ダレの神に対する違和感、つまり抱いていた確信は正しかった。施設で教わってきたことは偽りだと理解できた。自身が足を運んで確かめた古文書の中にこそ、正しい教えが伝えられている。

なぜなら古文書は、幼い頃から脳裏を占めた、忌まわしい痺れの意味をちゃんと記録していたからだった。教えは次のように説いていた。

この世は神によって創造された世界ではなく、虚無であり、悪魔によるものだ。悪の原因はすべてこの現世にあり、従ってすべてを否定するべきだ。地上における生存や暮らしは試練であり、天界こそが絶対の実存世界である。

古文書の教えは、教会でも学校でも自身の居所を定めることができなかったダレにとって、真理に思えた。脳裏の痺れは自身の内のなにかから起因するのではなく、悪魔の仕業なのだと。

となれば、自身がなすべきことは、現世のすべての行為を否定することではないか。とりわけ罪とされるものを。

留学が終わりを迎える頃、ダレは自身が得た教えを胸に、フランス南部の田舎、スペインとの国境に近いラングドック地方を訪れた。ピレネー山脈が連なる、その地にはモンセギュールという小さな村があった。

中世キリスト者にとっての毒竜の頭、異端者にとっては聖なる山だ。灌木《かんぼく》の生えた荒れ地の裾が急流に削られた急峻《きゅうしゅん》な峡谷で、石造りの砦《とりで》が白い石灰岩の露出した絶壁にそびえていた。

ダレは十二月二十五日、クリスマスの夜明け前、白い息を吐きながら何人《なんぴと》の登攀《とうはん》も拒むかに思える四、五百メートル近い断崖を登った。九十九折《つづら》りとなる崖道をたどり、山上に築かれた天守と呼ばれる奇妙な形の建造物の内部へ入った。

モンセギュール砦は中世、古文書にあった異端の信徒、つまり自身にとっては同胞と思える二百人以上が最期を迎えた場所だ。ここで仲間は、異端討伐のために攻め入った武装十字軍によって、一年に及ぶ攻防の末、山麓の火刑台で生きながら火あぶりにされた。彼らは皆、信仰を捨てるかわりに、自ら進んで賛歌を口にしながら火あぶりになる道を選んだ。

ダレは砦の中で耳を澄ました。

――同胞たちが唄った賛歌は聞こえるだろうか。

この砦の陥落を転換点として、信者たちは歴史から姿を消していったのだ。だからモンセギュール砦は悲劇の最後の舞台といえた。

ただダレがここを訪れたのは、かつての虐殺をしのぶばかりでなく、文献からくる推測が脳裏にあったからだ。というのもモンセギュールの天守は要塞としての機能はほとんど備えておらず、どんな中世の遺構とも似ていないのだ。

奇妙に曲がった靴べらのような形をした天守で、ダレは耳を澄ましながら、しばらく時を待った。やがて東側の壁にある覗《のぞ》き窓から一筋の日の出の光が射し込み、西の壁へ一直線に走った。ダレの推理は正しかった。十二月二十五日はクリスマスであると同時に冬至の時節である。

歴史家の誰も気付いていないが、モンセギュールの天守は砦ではない。太陽をあがめる信者たちの神殿として設計されたのだ。ここで彼らは黙示録にも似た終末観のもと、現世を否定し、厳しい禁欲生活を続けながら、サタンが焼き尽くした現世の後に出現する世界を待ったのだ。

彼らはここで、教会の秘蹟《ひせき》も、家族も婚姻も否定し、ただひたすら信仰に明け暮れた。ダレの脳裏に信者の着る毛織りの黒い外套《がいとう》が浮かんだ。フードの付いた外套の腹には日印の紐《ひも》が巻かれている。典礼の儀式だ。

——ここで祈れば、望む世界へ導かれる救慰の礼を授かることができるだろうか。

日の出の光を見つめるダレの頬に涙が伝った。

ダレはピレネーの山奥で祈った。どうか自身を救ってくれと。しかし賛歌は聞こえなかった。そればかりか、その後も、いくら待っても奇跡は歴史の彼方《かなた》に埋もれ、ダレのもとを訪れることはなかった。

やがてダレは帰国した。留学は無意味だった。絶望が深まっただけだった。ばかりか運命は彼をさらに翻弄した。帰国と時期を同じくして、ダレに養子縁組の話が持ち込まれたのだ。すでに成人を前にした年齢というのに、教会の熱心な信者である夫婦からの強い要望だった。夫婦には子供がなかった。

*

辻《つじ》あいりが勤めていた六本木のキャバクラを逃げ出したのは、三ヶ月ほど前の七月十日のことだった。その日、フロアで客の相手をしていた彼女は、何気なく入り口に視線をやり、入ってきた客に恐怖した。

あいりは相手をしていた客のセット時間が終了すると、急いで控え室に駆け込み、早退を強く願い出た。そして、非常口から店を出るとタクシーに乗り込み、なんとか息をついた。先ほど見かけた客の顔が脳裏に刻まれている。

——間違いない。あれは夫の友だちの一人だったはずだ。

途端にかつて夫から受けた仕打ちが四肢によみがえり、閉じているのが難しいほど唇が震えた。

関東の地方都市で育った彼女は高校を卒業し、地元で有力な工務店の事務職に就き、二十歳《はたち》で結婚した。夫の秋男《あきお》は二つ年上。工務店経営者の息子で、同じ職場に勤めていた。ときおり休み時間に難しそうな洋書を読んでいることがあり、周囲に訊《き》くと国立大学を卒業したインテリだという。それが高卒である彼女の憧れを誘い、妻となれば安泰だろうという打算も胸に湧かせた。

しかしそれ以上に二人を結びつけたのは、互いが育った環境だった。あいりは母子家庭に育ち、一方、秋男は孤児の出生で、経営者夫婦の養子だった。複雑な環境に育った二人は痛みを分かり合え、引かれ合った。結果、地方都市によくあるように、ほどなく彼女は専業主婦となり、平凡な日々がしばらく続いた。

結婚当初、秋男は普通だった。だが半年を過ぎた頃、工務店が倒産した。それが始まりだった。地元で手広く仕事をしていた工務店は、倒産と同時にその立場を逆転させた。つまり多大な負債を背負うこととなったのだ。

両親と同居していた家を担保として失い、あいりと秋男は借金に追われる彼の両親とは別に暮らすことになった。なんとか県営住宅に居を構え、当面の生活のために彼女はパートに出た。国立大学を卒業した夫が、インテリの弱点、生活力のなさをすぐに露呈させたからだ。

文学部出身だった秋男は甲斐性《かいしょう》がなかった。加えて地方では就職先が限られていた。

次の職を探したものの、工務店の跡取りのような好待遇は望めない。以前よりも条件の悪い仕事しか見当たらず、仕方なしに飲食店や警備員のアルバイトを転々とするようになった。

だが、それをあいりは、まだ小さな不幸に過ぎないと考えていた。いずれ二人で乗り越えられるものだととらえていた。彼女の母親は地元でスナックを経営していたが、これからについて相談しても答は同様であり、何らかのかたちで行政の保護を求める知恵は持ち合わせていなかった。

ずるずると時間だけが過ぎていった。やがて、パートから戻ると決まって秋男が先に部屋に帰っているようになった。訊くと、仕事が早く終わったからだという。しかしそれが嘘《うそ》であることはすぐにばれた。月末に入るはずの秋男の給料がいっこうに入金されないのだ。問いただした結果、秋男が勤めを辞めていたことが判明した。

口論が始まり、それが絶えなくなった。いざこざが拍車をかけるように秋男の行動を変えた。開き直ったように秋男は昼間から公然と家で酒を飲み、ギャンブルに依存するようになった。パチンコや競馬で勝って帰った日は機嫌がいいのだが、負けた日はひどく荒れた。暮らしている県営住宅の壁を蹴り、拳で穴を開けた。

そんな日の秋男は、血がにじむ手で彼女の体をつかまえ、暴力的な性行為にいたった。やがてそれが日常となった。彼女をロープで縛り、写真に撮る。あいりの四肢に痣《あざ》が絶えなくなった。髪をつかみ、引きずり回され、後ろ髪がごっそりと抜けた頭皮に煙草《タバコ》の火を押しつけられて脱毛状態にもなった。

　地方都市の県営住宅の一室は、完全な密室だ。秋男の暴力は、痕跡が他人の目に付かないような箇所を狙ってくる。ましてや夫婦の営みを装っているだけに、彼女は誰にもそれを打ち明けることができなかった。

　ほどなくあいりの母親が死んだ。肝臓の病だった。母親を弔う、わずかな期間だけ彼女に平穏が訪れたが、骨が焼かれ、初七日を終えると、再び秋男の暴力が始まった。ささいなことで手を上げ、不機嫌になると腹を蹴り上げた。母親はもういない。相談する相手もいなかった。

　あいりが逃げ出すことを決意したのは、見たこともない男を家に連れてきた秋男が、数万円で彼女に身を売るように強要したときだった。暴力に怯えた彼女は受け入れるしかなかったが、翌日、秋男が出かけた隙にわずかな着替えを手にして家を出奔した。

　逃走先は東京だった。隠れる場所は人が多い方がよいし、仕事も地方よりあるだろう。ビジネスホテルに泊まり、仕事を探した。連日、携帯電話が鳴りやまず、秋男からの脅迫めいたメッセージが残された。絶対に捜し出す。その時は覚悟しろ。地元の知り合いからも秋男が執拗《しつよう》に彼女の行方を追っているとの伝言があった。

　あいりは秋男からの電話やメールを着信拒否にした。住民票の変更もあきらめた。住民票を移せば移転先をしられる。警察や行政の保護を求めることもはばかられた。何らかの訴えを起こして、秋男とつながりができることが怖かった。結果、保証人も住所も定まらない彼女が就けたのは六本木の風俗の仕事だけだった。

あいりは店が寮としている小さなアパートに入った。しかし秋男は知り合いのアドレスを使って、執拗にメール連絡を取ってきた。その頃には、メッセージは殺害をほのめかすまでにエスカレートしていたため、あいりは携帯電話さえ手放した。

怯えと寂しさから、何人もの男性と関係を持った。やがて彼女は妊娠に気が付いた。相手が誰かは分からない。臨月となり、駆け込み出産をしたが、娘の出生届を提出しなかった。あいりは夫の籍に入ったままだったのだ。

秋男が暴力的な存在からストーカーに変化したのは確かだ。とにかく関わりになることだけは避けたかった。離婚を申し込むのはもとより、他人の子供を出産したこと、それによって自身の居所が発覚するのを恐れた。そうなれば自身だけでなく、娘にも危害が及ぶだろう。

それからの彼女は定期的に店を替えた。又借りするアパートも。母と娘は六本木の夜に隠れるように、ひっそりと暮らし続けた。なんとか六年が過ぎた。安心していいかもしれない。あいりがうっすらとそう感じ始めたとき、秋男の友人が店に現れたのだ。

翌日、あいりは店を休んだ。アパートで荷物をまとめ、必死で考えた。きっとあの客は自身を六本木の店で見たと秋男に告げるだろう。

——逃げなければ。しかしどこへ。

必死になったあいりの脳裏に、数日前に交わした、ときおり店にくる客とのやりとりがよみがえった。いつもは高級そうな背広姿で訪れる客は、その日に限ってジーンズにポロシャツ姿だった。

「珍しいわね、そんな恰好《かっこう》なんて」

「今日は年に一度の野暮用なんだ。汚れ仕事があってね」

都内で自営業をする客は顚末《てんまつ》を語った。そのときは何となく話を聞いていたあいりだった。しかし追いつめられた彼女は話の詳細、その日がいつだったかをなんとか思い出した。

——うまくすれば可能かもしれない。少なくとも試してみる価値はある。

荷物を前にして、あいりは自身の後頭部にそっと手をやった。長い髪で隠しているが、そこにはかつて秋男の暴力で禿《は》げたままの皮膚があった。

＊

「……私は無敵」

三ヶ月ほど前となる七月十三日。パソコンに向かう人物の声が漏れた。退屈そうな声だった。画面を下へスクロールすると、おびただしい書き込みが現れてくる。タイトルは『異物混入』。

『購入した缶詰に虫が入っていたぞ。拡散希望――おとぼけ』

書き込みは最近、ネット上に投稿され、あっという間にあちこちで炎上し、異物を混入したとするメーカーをやり玉に挙げ続けた。まるで中世の魔女狩りそのものだ。

しかしパソコンの画面を見つめるおとぼけは物足りなかった。ここしばらくの間に起こった騒動が予測の域を出ず、それ以上の展開に及ばないからだ。しょせん、ちょっとした騒ぎのひとつに過ぎないと多くの人間は感じているのだろう。

――どいつもこいつも馬鹿ばかりだ。俺の真意に少しも気付いていない。

無敵であるこちらには怖いものはない。家族もいなければ、友だちもいない。失うのが惜しい社会的な地位でもない。持っているのは絶望だけだ。だからなにをどうしようとも抵抗を感じはしない。ただ生きにくく、息苦しい現状を打破することだけが生き甲斐だ。

「私は無敵」

おとぼけは画面を見つめると再びつぶやき、パソコンを終了した。そしてこれまでのことを回想し、思案を巡らした。これではまだ足りない。もっと人の目をひく何かが必要だ。自分をこんな立場にしたすべてに対して、さらなるメッセージを叩《たた》き付けるのだ。

おとぼけはそう理解し、次の計画について考えを巡らせた。

最終的には、やはり「あの女」へと続くべきだろう。強烈なメッセージを女への仕打ちによって発信するのだ。しかしその前に、もうワンステップが必要となる。それにはなにがいいか。おとぼけは調べを進めることにした。

*

【放火および失火の罪】放火予備罪における予備とは、放火の（　　）行為であり、（　　）の着手前の行為をいう。


亜坂誠はK署の刑事課のデスクで、刑法に関する演習教材を読んでいた。目指す巡査部長の昇進試験に備えてだ。隣のデスクでは同じく待機係として、同僚の垣内登《かきうちのぼる》が控えていた。

亜坂は現在二十九歳、大学を卒業後、勤務三年目で刑事になったものの、未《いま》だに階級は一番下の巡査だ。娘である理沙の養育を考えて昇進試験に挑んできたが、不合格が続き、警察官を辞めようと腐っていた。しかし昨年、所轄で起こった少女誘拐事件をきっかけに再び挑戦する気になった。

――答はおそらく最初が準備、次が実行だ。

亜坂がそう解答を思いついたとき、刑事課の電話が鳴った。本庁の指令室からの直通だった。

『K署管轄内で爆発事件が発生。至急、急行を要請』

受話器を置いた亜坂は垣内と署を飛び出した。電話によると一一〇番通報は、武田《たけだ》という爆発があった近辺にある図書館の司書からだという。現場は署から遠くはない。

二人が図書館に到着したとき、辺りはすでに救急車、消防車が数多く到着していた。その向こうには野次馬がひしめいている。通報で飛び出してきた亜坂だったが、一目でなにがあったかを理解できた。

図書館に面した道路では、百メートルほどの距離内にあるマンホールの蓋が点々と外れ、泥水やゴミが飛び散っている。どうやら下水道でなにかが爆発したらしい。同行してきた鑑識係は、さっそく作業に取りかかっている。

「現場検証の前に、中にいる娘の様子を確かめてきます」

亜坂の携帯電話には、すでに昌子からのメッセージが入っていた。聞き込みのためのメモを取り出しながら亜坂は横に立つ垣内に告げた。メモを手にしたのは昨年から始めた慣習だった。少女誘拐事件でコンビを組んだ本庁捜査一課のベテラン刑事から叩き込まれた流儀だ。

亜坂が張られ始めた黄色い規制線のテープをくぐって図書館に近づこうとしたとき、

かすかにガソリンくさい匂いが鼻をついた。不意に亜坂の脳裏に黒い粒子が浮かんだ。蚊柱のような不定形の集まりで、波のように流れては戻りと、行ったりきたりしている。ときおり亜坂の脳裏に浮かぶ妄想だった。しばらくおさまっていたが、またぶり返したらしい。

ただ、かつての黒い粒子からは亜坂を揶揄《やゆ》するような声が聞こえたが、今回は少し様子が違った。なにかを伝えようとしているかのように思える。波に似た動きを脳裏に感じながら亜坂は考えた。

――なにか探しているのだろうか。あるいは探せと示唆しているのか。

粒子の動きは理解できなかった。亜坂は足を進めて図書館内に入った。床に散ったガラス片が音を立てる。館内では爆発の衝撃で棚から落ちた本が数カ所で小山にまとめられている。蚊柱は収まった。中には司書が四人。カウンターの一人は三十代とおぼしき男性、残る三人は年輩の男性と女性二人で、ガラス片を掃き集めながら外の様子をうかがっていた。

図書館の利用者たちは黙って椅子に腰かけている。おそらく外の状況が把握できるまで館内に待機する方が安全だと指示されているのだろう。伯母の昌子は救急隊員とともに人々の看護に当たっていた。

視線を巡らすと、理沙が児童コーナーでカーペットに座り込んでいた。亜坂は理沙のそばに寄った。

「大丈夫か」

理沙は声に出さず、ただ小さくうなずいただけだった。かなりショックだったらしい。しかし怪我《けが》はないようだ。娘の無事を確認した亜坂は昌子のところへと足を運んだ。

「怪我人は？」

昌子は振り返りもせず、手にしたガーゼを利用者の一人に当て、絆創膏《ばんそうこう》を貼っている。

「幸い大したことあらへん。割れたガラスで切り傷を負った人がおるくらいで、重傷者はなしや」

「なにがあったんや」

「それはこっちが訊きたいわ。理沙が本を借りるいうてここにきたら、突然、外でボンときよった」

「どうも下水でなにかが爆発しよったらしい」

「ほな、いたずらか、それとも事故か？」

「それはこれから調べるとこや。俺は聴取してくるからな」

「まったく、おちおち新聞も読んどられん」

悪態をついた昌子の様子に亜坂は安堵し、受付カウンターに向かった。通報者を問うと待機していた男性館員がカウンター越しに答えた。

「私が通報した武田です。怪我人は特に出ていないようです。館員も利用者も皆、中にいたもので」

男は外の様子を確かめながら続けた。

「突然、外ですごい音がして。それと同時に館のガラスが割れたんですよ。爆発だとすぐに分かりました」

武田はそこまで述べて尋ねてきた。

「一体、なにがどうしたんですか。館内だったのでよく分からないのですが」

「後ほど説明できると思います」

亜坂は一旦、外へ出た。垣内がすでに目撃者らしい人間に話を聞いていた。聴取を終えると口を開く。

「突然、側溝から火花が上がったそうだ」

「ガソリンですか」

「らしいな。まだかすかに匂ってるだろ」

垣内の言葉に亜坂は無言でうなずいた。

「図書館員は合計四名です。通報者の武田さんは三十代の男性。他には責任者らしい年輩の男性と二人の女性ですが、いずれも館内だったために事情は把握していません」

うなずいた垣内は辺りを見回した。

「住宅街だな。コンビニは少し先になるそうだ。どこかが家庭用のを備えていてくれればありがたいが」

垣内の言葉を亜坂は理解した。防犯カメラだ。

「分かりました。後でチェックします」

亜坂の返答に垣内が視線を注いできた。なにか思うところがあるらしい。しかしそれを告げず、言葉を続けた。

「仮にこれが計画的なものなら、ちょっと面倒だな」

垣内が言外に匂わせたのは過激派の犯行という線だ。話が当たっていれば捜査に公安が乗り出してくる。結果、主導権はあちらに移ることになるのだ。そこまで考えて不意に亜坂は脳裏に浮かんだ粒子の意図を理解した。

波のような動きはなにかを探していたのではない。なにかを疑わしく思っていたのだ。だから落ち着きがなかったのだ。粒子の動きは自分が無意識に感じていたものだ。それが垣内の言葉をきっかけとして理解できていた。

――粒子が疑っていたなにかとは、地理的な意味だ。

確かに疑問に思えた。東京郊外の住宅街で爆破事件を起こして、過激派やテロリストにメリットがあるだろうか。

「他に目撃者がいないか捜してくれ。終わったら図書館の利用者に話を聞こう」

垣内はそう述べるとしばらく黙った。そして独り言のようにつぶやいた。

「ぼんぼん、お前は明日からは休みだよな。俺は明後日《あさって》だ。お前と組むのが今日一日だけで気が楽だぜ」

垣内がかすかに足を引きずりながら歩き出した。亜坂と垣内にはちょっとした経緯《いきさつ》がある。しかし垣内はそれ以上は告げず、ただつぶやいた。

「お前、少しカタカナになってきたみたいだな」

意味不明のつぶやきだった。しかし捜査は始まった。亜坂は深くは問いただせず、歩き出した垣内にならって新しい目撃者を探し始めた。数十分ほど証言を集めたが、特別な情報はなかった。

二人は図書館の利用者の聴取に移った。爆発のとき、どんな様子だったか、不審な人物を見かけなかったか。気が付いたなにかがなかったか。しかし誰もこれといった手がかりを示さなかった。

亜坂は最後に昌子に話を聞くことにした。自身の家族に事情聴取をするというのは、どこか奇妙な感じがした。爆発から一時間ほどが経過しており、その頃には救急車や消防車の姿は消え、警察車両もぐっと数が減っていた。

「それで伯母さん。外で不審な人物やなにか変わった点に気付かへんかったか？」

「あんたな、よう考えや。図書館にくる人間は本を読みにくるんやで。視線は活字に定まってるやろが。外でなにかあったかどうか、見てるわけないがな」

「じゃ館内は?」

「さあて。ごく普通の様子に思えたがな」

そのとき、理沙がつぶやいた。

「いつきちゃんがいない」

「なんだって?」

「いつきちゃん。理沙の好きな本を読んでた子」

理沙は相手を捜して視線を送っていたが、しばらくして答えた。

「やっぱりいない。帰っちゃったみたい」

亜坂は理沙の言葉に昌子に視線をやった。昌子は怪訝な様子で首を傾《かし》げている。

「私は見てへんけど」

理沙の言葉が正しければ、どうやら少女は騒動の最中に帰宅したらしい。

「変わったこともあったよ。おこりんぼ」

亜坂は理沙の言葉が即座には理解できなかった。その様子を理解した理沙が続けた。

「入り口の壁の落書き」

亜坂は理沙の言葉を確認するため、図書館の入り口へ足を運んだ。

＊

「アカネさんのこと？　彼女なら七月に入ってすぐお店を辞めたわよ」

八月末のことだった。女は男に告げた。女の源氏名はモニカ。どことなくハーフを思わせる、派手な顔つきからついた名だろう。

「そうか、そいつは残念だな。その子、俺好みの顔だって聞いたんだ。どこにいったんだろうか」

「たぶん、都内のどこかの店に移ったんだと思うよ」

モニカは先ほど男が女について述べた容貌から、店に勤めていた一人、紫《むらさき》アカネだろうと推測していた。

「あたしじゃ、駄目？」

モニカが対している男は、このところ数度、店に通ってきていた。いつもフリーで、指名はしない。しかし遊び方は派手で、いい金蔓《かねづる》になりそうだった。ラフな恰好の中年で、危ない筋には思えなかったが、普通の勤め人でもなさそうだった。

「もちろん、大歓迎だ。でもアカネさんは、なんで辞めたの？　なにかあったのかい？」

男は話し上手で、相手をしていて楽しかった。話の端々に馴染《なじ》みとなって自身を指名してくれそうな気配があった。だから雑談混じりに尋ねられて、モニカはそれに答えた。

「アカネさんとは親しくなかったから、よく分からないわ。辞めたのは七月の十日ぐらいだったと思う。でも一週間くらい過ぎた頃かな、開店前に店にきていて控え室で一緒になったの」

「辞めてからも顔を出した？」

「勤めてた日までの給料をもらいにきたっていってたわ。十日ほどだから数万円でしょうね。控え室で袋に入っていた明細と中身を確かめてた。それでね」

　モニカが小さく噴き出した。

「なに？　なんか笑えることがあったの？」

「アカネさん、給料袋と財布にあった小銭を必死で数えてたの。だからさ、なにしているのって尋ねたら、七百十円あるかどうか確かめてるって」

　女は再びおもしろそうに笑った。

「それで、ちょうどあってよかったって。小銭じゃん。こだわるほどの額？　なんだかしみったれたことをいいだしたから、あたし思ったの。きっと急にお金が必要になって、もっと稼げる仕事に就くんだろうって。分かるわよね。どんな仕事かは」

　男はそれで納得したようだった。しばらくたわいもない会話にふけった。そして店を出ていった。モニカは次回の来店の約束を取り付けていたが、以降、男は二度と顔を出さなかった。

二

十月五日、水曜日。亜坂は土曜日までの四日間、休暇を取っていた。理沙の母親、美由紀が帰国するまで理沙と時間を過ごそうと考えての申請だった。しかし水曜日のその日、朝から桜田門《さくらだもん》にある本庁を訪ねていた。六階の捜査一課のフロアに上がり、アポイントを取ってある土橋源造《どばしげんぞう》のデスクへ向かう。

広いフロアの一隅で土橋は新聞を広げていた。一年前の少女誘拐事件でコンビを組んだ土橋は捜査中、脳梗塞《のうこうそく》で倒れたが、幸い大事には至らず、リハビリを経て職場に復帰している。だが発作の再発を危惧する上層部によって、デスクワークに従事させられているると亜坂は聞き及んでいた。

「ようニゴリ、きたか。お嬢ちゃんは?」

デスクに近寄る亜坂に気付いた土橋は顔を上げた。ニゴリとは昨年、土橋に付けられたあだ名だ。アザカと濁るところからくる。

「保育園に預けてきました」

答にうなずいた土橋は新聞をデスクに置いた。退屈そうな顔を隠そうともしない。デスクにかじりつかされていることが不本意なのは亜坂にも理解できた。土橋にとって、現場こそが仕事場だからだ。

「やってられんぜ。毎日、朝から新聞を読んでる。つくづく警察官も公務員なんだなと実感するよ。役所の暇な部署の奴《やつ》らはどうやって時間を潰してるんだろ」

愚痴りながら土橋はデスクに置いた新聞に目をやった。

「ひどいもんだな、ネットっていうのは。買った商品に異物が混入されていると書いた途端、それが一分間で数百件に拡散されるんだってよ」

「正しくはSNSですね」

「そうだ。そのなんとかだ」

土橋は古いタイプの刑事で、最先端となる情報環境には疎《うと》い。携帯電話の操作もおぼつかないほどだ。

「しかもその書き込みのほとんどが匿名ときてる。真偽が確かめられず、悪評だけが広まって、三ヶ月経《た》つというのにやり玉に挙げられた食品メーカーは未《いま》だに生産停止へ追い込まれたままだ」

「もはやつぶやきを超えてシュプレヒコールですね」

「懐かしい言葉を知ってるな」

にやりとした土橋が続けた。

「休みだというのに、ここにきたのには理由があるんだよな。電話じゃ詳しい話を聞かなかったが」

亜坂は昨日、土橋にアポイントを取った段階で休暇であることを説明してあった。しかし来訪した目的に関しては会ってからにしようと考えていた。というのも、なにをどう相談すべきか、自分でも曖昧だったからだ。

「実は近所の下水で爆発騒ぎがあったんですよ」

「やっぱり、その件か。しってるよ。新聞にあった。テロの線は考えられるのか」

「まだなんともいえません。ただ鑑識の捜査によると、意図的な行為なのは確かなようです。現場からはプラスティックの破片が発見されています。ポリタンクらしく、相手は小分けにしたガソリンを図書館近くの下水道に隠し、常温で気化させ、それが汚水によって発生していたメタンガスと混じって爆発したらしいんです。鑑識は、タンクに小さな穴を開けて気化させたんじゃないかといってます」

「実はさっき、鑑識の岸本《きしもと》に少し話を聞いたんだ。ガソリンは気化しても空気より重いんだってな。だから側溝や下水道にたまる。相手がそれをしっていたとなると、爆発物に詳しいことになるな」

「ただ時限装置らしきものは発見されてません。爆弾なら発火させるタイマーを付けるはずですよね。それに現場は住宅街です。過激派やテロリストが標的にする場所には思えないんですよ」

「発火装置がないなら、なにがガソリンを爆発させたんだ？」

「鑑識は、なんらかの静電気か、摩擦による火花で引火したと考えています。偶発的に、下水道付近で空き缶や化学繊維がこすれたケースです。ただ、犯人がその場で火を放ったとは考えられません。巻き込まれるはずですから」

「つまり相手は、ポリタンクのガソリンがいずれ爆発するだろうと待っていたことになるのか」

亜坂は曖昧にうなずいた。

「気化したガソリンが下水道内に充満しているのは二、三週間。それ以上長いと霧散してしまうそうです。つまり犯人は、その期間内にタンクを設置したことになります」

「それで？」

土橋が尋ねた。亜坂の訪問の真意を理解しているらしい。

「ニゴリ、お前はどう思うんだ」

「もやもやしているんです。単なるいたずらにしては悪質だし、爆発を目的としていたなら時限装置は必要だし。相手の意図が理解不能なんです」

「池の波紋が歪《ゆが》んでいるわけだな」

土橋がいう池とは、事件現場のことだ。起こされた事件は池に投げ込まれた石で、現場には、その石の影響で波紋が広がる。それを土橋は作用と反作用と呼んでいる。

「土橋さんから教わった作用と反作用をあてはめてみたんです。ガソリンタンクを下水道に置いた。これが作用。そしてそれが爆発して周囲に被害を及ぼした。こっちが反作用ですよね。でも被害は爆発だけで、近隣の民家や図書館の窓ガラスが割れはしたものの、大した怪我人《けがにん》は出ていません」

「爆発は意図的だが、それによる被害には頓着していないといいたいのか」

「そうです。ふたつの作用におけるエネルギーが分からない。どちらも、そうすればそうなるだろうと思える単純さです」

「確かにな。だから、なぜそんなことをしたのか腑《ふ》に落ちないんだな」

土橋がうなずいた。亜坂が口にしたエネルギーとは、犯人の動機のことだ。誰かがなにかの行動を起こすとき、そこにはエネルギーとなる心理が働いている。これも土橋からの教示だった。

「それで俺に相談にきたわけか。だが、それだけじゃないな。別になにかひっかかってることがあるんだろ」

土橋は亜坂の心理を見抜いているようだった。先をうながすように視線を向けた。

「ここ最近、近隣でおかしな事件の届出が続いているんです。多摩《たま》地区でボヤが連続しているのをご存じですか。うちの近所でもゴミ屋敷に火を付けられました」

「赤馬か」

赤馬とは刑事の符丁で放火犯のことだ。

「それに小学校で飼っているウサギやニワトリが盗まれたり殺されたりしたんです。数校で」

土橋はデスクにあったガムの包装紙をむくと口に放り込んだ。

「今、何時だ」

土橋の不意の質問に亜坂は腕時計を改めた。

「午前十時十二分ですが」

「二分、遅れているな」

土橋は自身の腕時計を確かめてメモパッドを一枚ちぎると、そこに走り書きをした。

『リハビリのために外出します。夕方に戻ります』

土橋は立ち上がり、メモを手に告げた。

「車で来てるんだな」

亜坂はその問いにうなずいた。

「それじゃ、いこう」

土橋は窓際の机にメモを置きに行く。中上《なかがみ》管理官のデスクだが空席だった。フロアをエレベーターへと歩きながら土橋が告げた。

「ニゴリ、つまりお前はなにかが変だと感じているんだな。どうも周りがざわざわしてる気がする。だから非番なのに対応を考えているわけか。刑事らしくなってきたな」

一階まで下りると玄関に向かいながら土橋が続けた。

「ちょうどいい暇つぶしだ。連れ出してもらえて感謝するよ」

「いいんですか」

「手足を伸ばすのはリハビリの一環さ」

「でも捜査に向かうんですよね」

「違うさ。現場を歩いて足腰の筋肉を元に戻すんだ。人間の体ってのは寝たきりだと、数ヶ月で衰えるんだな。これほどとはしらなかったよ」

土橋が乗り出すとは考えていなかった亜坂は躊躇《ちゅうちょ》した。ちょっとした捜査のヒントをもらおうと考えていただけだからだ。しかし止めても土橋は聞き入れないだろう。それに亜坂も現場を歩いてみるつもりだった。発作の再発は避けたいが、歩くだけなら激しい運動にはならないはずだ。仮にそんな危険性があれば、そのときに改めてストップをかけよう。

「ガムにしたんですね、キャンディはやめて」

車に乗り込みながら亜坂は尋ねた。昨年の捜査の際、土橋はいつもキャンディを口にしていた。土橋はガムを噛《か》みながら答えた。

「悪癖ってのは誰にでもあるさ。その方が人間らしい。俺の場合は育った時代のせいか、口になにか入れてないと落ち着かない。だが、お前に糖分や塩分は摂《と》りすぎるなと忠告されたしな」

そこまで告げて助手席に座った土橋は付け足した。

「今回の捜査に協力してやるのは俺の善意からだぞ。だから解決したら例の奴を頼む」

「アップルパイですか」

亜坂は前回の誘拐事件の解決後、土橋に手製のアップルパイを振る舞った経緯がある。退院後、亜坂の家に招かれた土橋は、娘の理沙とともにそれに舌鼓を打っていた。車がスタートすると土橋が告げた。

「それと、今回の事件では作用と反作用のエネルギーを捜査の根拠にしては駄目だ。殺人事件ではないし、誘拐事件でもない」

「では、なにを根拠にするんですか」

「見えないものを見つけるんだ」

「見えないもの？　なんのことですか」

「象だ。正しくは事件の共通点。お前はそれが見えないから気にかかってるんだ」

「象が？」

「いずれ説明してやるよ」

そう告げた土橋はそれきり黙った。車がしばらく走ると土橋がつぶやいた。

「時計が狂い出すってのは、よくないことの前触れなんだよな」

＊

六本木の店を出た男は、車を首都高速から東北自動車道に走らせ、宇都宮《うつのみや》のアパートに戻った。男はあいりを捜していた。だから高い金を払い、キャバクラの女の機嫌を取ってまでして得た情報について、部屋でじっくりと考えることにした。

突然、店を辞めた紫アカネという女が、あいりであることは確かだろう。捜し始めるきっかけは、あの店で見かけたという情報が周辺の人間からもたらされたからだが、店のモニカの返答も容貌が一致していることを示していた。

となれば考えるべきは、あいりが口にした小銭の合計がなにを意味しているのかだ。男にはそれがちょっとした数学のパズルに思えた。あいりがなにかを購入するため、七百十円の小銭に固執していたことは間違いない。

だがそれが商品なのか、何らかのサービスなのかは不明だ。通常なら価格から妥当に思えるのは食料品か日用品。あるいは通い慣れた飲食店の料金。だが今回は、いずれも考えづらい。スーパーを始めとする小売店の商品でもなさそうだ。

そもそもあいりが店を辞めたのは逃走するために違いない。その上でそれまでの給料を受け取るために、危険を冒して店に顔を出した。追われていることをしっているだけに、足どりをつかまれることを危惧するはずだ。

そんな女が七百十円を握って帰り道に買い物をしたり、ラーメン屋かなにかに気安く立ち寄るとは思えない。男の思考はここで停止した。

――あいりは一体、なにを買おうとしたのだろう。

試みに男は机にあった自身の財布を取り上げてみた。中には東京で受け取ったレシートが入っている。この中にヒントとなるものがあるだろうか。男は一枚ずつ改めていった。ハンバーガーチェーン、コンビニエンスストア。ホテル代わりに使ったマンガ喫茶の代金。コインパーキングの駐車料金。

そこで手を止めた男は理解した。都市特有の必要性を忘れていた。移動手段だ。つまりあいりが、なにで移動していたのかだ。地方都市で暮らす人間の生活の足は車だ。しかしあいりが珍しく免許を持っていなかったことはしっている。生活圏が狭かったのだ。

――確かめた小銭は、あいりが逃走した先から六本木までの鉄道運賃ではないか。

男はパソコンを立ち上げ、六本木を起点に七百十円で移動できる範囲をネットで検索した。私鉄、ＪＲの路線、地下鉄を組み合わせ、もっとも安くなるルートだけに絞る。

しかし店で耳にした七百十円ぴったりの駅はふたつだけ。青梅線の福生《ふっさ》と牛浜《うしはま》だ。その他の駅はどれも少し高かったり、安かったりする。あるいは倉庫街や他県となる。

男は小さくうなった。簡単に候補となる駅がふたつ。足どりが容易に判明しすぎに思える。間違いだったのだろうか。鉄道料金ではなく、別のなにかか。男は東京都の広域地図を机に広げて、ぼんやり眺めた。

——いや、彼女はこの地図上のどこかにいるはずだ。それは確かだ。

というのに答が出ない。男はぼんやり視線を地図に注いだ。眺めている地図は各区、市町村が区切られ、公園、公共施設が点在し、数々のビルが記されている。その中を鉄道が走り、道路が網の目のように広がっている。

そこで男の脳裏が小さく光った。見落としていた。移動手段は鉄道ばかりではない。男はパソコンに向かうと、私営も含めた東京近郊のバス料金の一覧を検索した。そして七百十円から各社のバス路線の料金を価格順に引き算しながら、改めて鉄道の駅を調べていった。

一定の走行範囲で料金が数十円ごとにスライドしていく公共交通機関は、小銭の合計に対して余りも不足も生じない。彼女が乗り降りした場所を定額で示す。

今度は該当する駅が浮上した。どれも東京郊外の地域だった。大した数ではない。しかもその駅から伸びるバスの停留所が捜索対象となる地域なのだ。男は手元の地図に該当する地域を囲んでいった。東京近郊の東西南北にマーキング範囲が浮かび上がった。

——追いつめた。おそらくあいりはこのどこかにいる。

後は、候補として浮上した下車地点周辺をひとつひとつ潰していくだけだ。そしてあいりの居場所を突き止める。

とはいえ、と男は考えた。ここまで分かれば、もっとなにか効率的な捜索ができるように思える。

男はバス停で降りるあいりの様子を想像した。おそらく夜だ。それも最終に近い時間。なぜなら、あいりの次の仕事もおそらく風俗関係になるだろうからだ。あいりが六本木の店に勤めていたのは、それしか選択肢がなかったからなのだ。伝手《つて》もなく、戸籍も住民票もそのままのあいりには身元の保証はない。なるべくしてなった結果だ。

するとバス停に降り立った後はどうするだろう。むろん隠れ家に向かって歩き出す。そのとき、どんな状態か。

一日の労働を終え、疲弊しているだろう。辺りは深夜、郊外だけに明かりは乏しい。足早に部屋に戻り、風呂に入り、そのまま布団に潜り込みたいだろうか。頭にあるのはただそれだけか。いや違う。

あいりは気が付くはずだ。駅前のスーパーもバス停近くの商店も、とっくに閉まっている。しかし暗い帰路にぽつりと明かりが灯《とも》り、そこならば空腹を満たすものが安価に手に入るのだから。

男は翌日、再び東京に向かった。

*

亜坂が運転する車は、桜田門からK署の管轄へ向かっている。亜坂は車中で爆発事故の詳細について説明を終えていた。

「ニゴリ、爆発の件に関しては、すでにお前は現場を見ている。だが見えてくるものはない。見えないものを見つけるためには、見えていること以外から手を付けるんだ。世の中には見えないものがいくつもある」

「匂いや音、触感ですね」

「それ以外にもある。時間だ。こいつは厄介で、ゴムみたいに伸びたり縮んだりする。時楽しい一時間はあっという間だが、辛《つら》い一時間はやけに長い。伸び縮みしてるんだ。時間が人間の記憶と食い違う例だ」

土橋の言葉に亜坂は納得した。確かに楽しい時間の方が早い気がする。

「だから人間は時間のお守《も》り役に時計を作った。そうすることで、食い違いを正すことができる。見えないものを見るための目盛りだな」

つまり土橋は、時系列による捜査で見えないものを見るように指示しているのだ。亜坂は土橋に説明した。

「近隣で起こった事件の届出は、まず学校で飼っている動物の盗難です。これが三ヶ月ほど前、七月十五日。続いてゴミ屋敷の放火。こちらは八月二十日になります。そして昨日、十月四日が下水道の爆発です」

「ほぼ一ヶ月区切りで事件が起こっているのか。それじゃ最初のやつから順番に手を付けていこう」

土橋の指示で亜坂は住んでいる町の小学校へ車を向けた。ほどなく到着した学校前の舗道に車を停《と》め、二人は校内へと入った。少し先にマンションがそびえている。平日の午前十一時過ぎ、授業中のせいか小学校は静かだった。二人は警察手帳を示し、飼育している動物が盗まれた際の詳細をしる人物との面会を打診した。

わざわざ警察が捜査にくるほどの出来事かと、応対に出た教員は怪訝《けげん》な顔をしていたが、用務員室へと案内した。室内にいた初老の男性は岡田《おかだ》と名乗ると、来訪の意図を聞き、部屋から二人を校舎の裏へと導いた。

「うちの学校では、あそこでウサギを飼っていましてね」

岡田は校舎の裏手を進むと、隅にある金網で作られた飼育スペースを指し示した。四角いケージ内に木製の小屋があり、ウサギが五羽ほどうかがえた。地面で葉野菜をしきりに咀嚼《そしやく》している。

「学校で動物を飼うのは教育の一環でしてね。生物と触れあうことが目的なんです」

「あれは新たに購入したのですか」

亜坂は岡田に尋ねた。

「いえ、盗まれたのを捕まえたんですよ。近くの公園にいると児童から一報がありましたんでね」

「するとウサギは盗まれた後、公園に放たれていたのですか」

「そういうことになりますね。うちのウサギはどれも首輪をしていて、管理責任を明確にしています。一報があって公園に行くと、所在なげにうろうろしていたんで回収したんですが、確かにあいつらはうちのウサギです。てっきり殺されたんだろうと思っていたんですが、檻《おり》から盗み出して外に逃がしたみたいですね」

亜坂には岡田の言葉が意外だった。動物に対する虐待はよくマスコミで耳にしていた。野良猫を殺して回ったり、公園の鳩《はと》をボウガンで撃ったりするのは、最近の報道で日常化していることのひとつとなる。しかし今回は、少し事情を異《こと》にする。ウサギは殺されずに公園に放たれたのだ。

「事件の状況はどんなだったのですか」

「あの飼育小屋は、ご覧のように簡単な施錠になってます。落としカンヌキでね。だから誰でも出入りできます。ウサギ以外はね」

「他校でも同様の事件が起こってますね。連絡は取り合ったのですか」

「ああ、ニワトリがやられたりした件ですね。あっちの場合はどれも殺されてたそうですよ。小屋の中で死骸で発見されたとか。刃物によるみたいです」

「すると、この学校だけ違うんですね。事件の状況はなにかに記録されていますか」

「小屋に関しては事件後、念のために私が写真に撮ってます。ただここは学校の防犯カメラの死角で、誰が侵入したのかは分かりません。この辺りは住宅街でも古くてね、近隣に防犯カメラを設置している家はほとんどない。あっても玄関先や敷地周辺をとらえるだけですから、ここは記録されていません」

——本当に誰も事件を見ていなかったのだろうか。

亜坂はフェンス越しに改めて辺りを見回した。視界に入るのは戸建ての住宅ばかりだ。小学校はぐるりを生活道路に囲まれた恰好《かっこう》になっている。ブロック塀で仕切られた住居はどれも年数が経ち、新築のものよりも敷地が広い。たとえ防犯カメラが設置されていても、学校内の事件は撮影できないだろう。

裏手に回る前に、少し離れた位置にマンションがそびえているのには気が付いていた。しかしそちらも学校の正門側に面しているため、仮に防犯カメラを設置していたとしても、校舎裏の飼育小屋をとらえるのは不可能に思えた。土橋に視線をやった。

「私が撮った写真は控え室にありますよ。ご覧になりますか」

「お願いします」

三人は用務員室に戻り始めた。

「誰の仕業かって考えたんですよ」

部屋に入りながら岡田が告げた。

「事件が起こる少し前なんですがね、校庭に忍び込んで騒いでいた馬鹿がいるんです。近隣の住人によると、まだ若い奴らしくてね」

岡田は告げながら、机の引き出しから数枚の写真を取り出した。

「普段は交代で宿直しているんですが、その日は、たまたま都合が合わずに泊まり込みの人間がいませんでした。それを見越したのかどうか、校庭で花火をして騒いでいたんですよ」

岡田は写真の一枚を示した。

「学校の正門側の防犯カメラに映っていたものです。遠景なので誰が誰かは残念ながら判明しませんが乗り付けた車はとらえられています。ライトバンが写っているでしょ」

写真には数人の人間が校庭で車座になっている様子がとらえられていた。そして校庭の金網の向こう、公道に停められた白いライトバンが写っていた。

「お借りしていいですか」

亜坂は断ってから写真を手にした。

「ウサギの件も、こいつらの仕業かなとも思うんですよ」

そこで岡田は一拍置いた。

「ただね、結果的に被害はなかったんで、校長とも相談して大事《おおごと》にするのはやめました。騒ぎというほどのことにもならなかったし。そもそもウサギがいなくなったことも、係の児童が世話をしに行くまで誰も気が付かなかったほどでね。おまけに二、三日で戻ってきたし。ちょっとしたイタズラとしか思えませんからね」

岡田は残る写真を机に広げた。

「こっちがウサギが盗まれたときの小屋の写真です。なにかの参考になりますかね」

亜坂は机に広げられた写真に目を向けた。小屋が遠景でとらえられているもの。カンヌキをアップにしたもの。その中に奇妙な一枚があった。

「これは」

「ああ、なんですかね。こんな風な落書きが残されていたんです。おそらく犯人が書き残したんじゃないかと思って。それで念のためにね」

亜坂は岡田が説明する写真を見つめた。小屋の前の地面には〈先生〉と読みとれる文字が残されていた。小枝かなにかで土を掘って書いたようだ。亜坂は横にいる土橋にうなずいた。

「土橋さん、これが見えないなにかのひとつみたいです」

亜坂は机に広げられていた残りの写真も岡田から借りた。

「ああ、あいつらかい。確か学校近くのコンビニにたむろしている奴らだと思うんだけど。ときおり見かけるんだ。五、六人かな。奴らが集まるのはいつも夜更けだよ。遅くなってから駐車場に車を停めて、なにをするでもなく、だらだらとしてるな」

亜坂と土橋は小学校近くの住宅を訪れていた。校庭で花火をしていたと用務員の岡田に情報提供した人物だった。男は初老で、すでに年金暮らしをしているのだろう。平日の昼間だが在宅していた。町内会の役員だと述べた男に亜坂は尋ねた。

「ウサギの事件は誰も見ていなかったのですか？」

亜坂の問いに男はうなずいた。

「岡田さんとは知り合いでね。ウサギが盗まれたって聞いたんで、花火の一件を思い出したんだ。近所にも尋ねたが、誰も目撃していないね」

「なにかに記録されてもいないのですか」

「防犯カメラのことかい？　小学校の周りは、どれも古くからここに住んでる人間の家ばかりだ。新しい家やマンションなら別かもしれんが、カメラを設置したって話はあまり聞かないな。今までそんな必要はなかったからねえ」

「花火をしていた人物の名前は分かりますか」

「さてねえ。昔はどこの子供が悪さをしてるか、すぐに分かったんだ。どれも顔見知りだから。だけど、この辺りもいつの間にか見なれない人間が増えちまった」

男の話では、花火で騒いでいたグループへの聞き込みは、夜を待たねばならないようだった。

「図書館の方で爆発があったんだって？　一度、サンポーに相談してみるかな」

「サンポー？」

「近所の電器屋だよ。昔からの付き合いでな。この辺りの古くからの人間は、電器に関しちゃ、みんなあそこに頼んでる。最近の電化製品は年寄りには難しいからな。しかし防犯カメラを考えなくちゃいかんとは、世も末だな」

うんざりとした様子で男はつぶやいた。二人は男の家を後にした。

「花火のグループに関しては、改めて夜に足を運びます。ただ、今の話だと、下水道の爆発と同じですね」

亜坂は爆発の現場検証を終えた後、同僚の垣内と周辺を聞き込んでいた。

「あの周辺にも、これといった防犯カメラはありませんでした。唯一あったのは図書館の入り口のものですが、ここにも事件の経緯を示す記録は残っていません。数日さかのぼって調べたのですが、映っているのはどれも図書館に出入りする利用者ばかりで、不審な人物がなにかしているといった様子はなかったんです。だから相手が誰なのか、いつポリタンクを下水道に置いたのか、判明していません」

「相手が見えていないわけだな。いや、むしろ見えないようにしているのかもな」

「ウサギの事件と他校の動物の事件とは、犯人が違うようですね」

「みたいだな。ニゴリ、理沙ちゃんが見たっていう図書館の〈おこりんぼ〉って落書きなんだが、その写真はあるのか」

「署の鑑識が撮影しているはずです。私も確認したんですが、ドア付近に残されていました」

「〈おこりんぼ〉と〈先生〉か。調べておいた方がいいな」

「さっそく手配しておきます。本庁の鑑識に頼んでもいいですか？」

「岸本に筆跡鑑定へ進めるように頼めばいい。俺も声をかけておくよ」

「なにかのメッセージですかね」

「爆発が〈おこりんぼ〉ってのは分かる。怒りの表現として説明が付く。だがウサギの盗難が〈先生〉ってのはぴんとこないな」

「学校だからじゃないですか」

「いや、〈おこりんぼ〉がメッセージだとすれば、爆発に関する予告になるはずだ。なにが起こるか、つまり現象について書いたわけだ。だが小学校に〈先生〉と書き残した場合は、人か、あるいはその人物がいる場所を示している。メッセージとしては表現方法が異なる」

「すると〈先生〉には別の意味があるんですか」

「まだ見えていないさ。だが次がある。二つの落書きが同一人物のものなら、向かう先は分かるよな」

「この近くで放火があったゴミ屋敷ですね」

土橋の示唆は、時系列による聞き込みだ。ウサギの盗難の次となるのはボヤ。そして時系列ばかりでなく、二つの事件が同一人物によるものなら、ボヤの際も犯人はカメラの有無を確かめていた可能性が高い。

それが可能となるのは、相手が近隣に詳しいことを意味する。行動範囲を近隣に絞っているのだ。亜坂は土橋が助手席に座るのを待って車をスタートさせた。続く現場で新たな手がかりが得られればと亜坂は考えていた。


到着したゴミ屋敷は木造二階建ての古い家屋だった。道路に面して庭があり、おそらくゴミをため込んでいたのはそこらしいと推測できたが、すでに痕跡はなく、雑草が茂り放題の様相を呈している。庭ばかりでなく、その前の道路も綺麗《きれい》なものだった。

亜坂は家のインターフォンを押したが、外出しているのか応答はなかった。仕方なしに二人は近隣の住人に聞き込みをすることにした。向かいの家で証言が得られた。玄関口に顔を出した初老の女性は、二人が示す警察手帳を確認すると、ボヤに関して話し始めた。

「新村《にいむら》さんの家ね。あそこはボヤがあった後に、市の指示でゴミをすべて撤去されたの。危険だからって。以前から、なにかあったら嫌だなとは思ってたのよ。それが案の定、火事まがいになったでしょ。ゴミがなくなってやっと安心できたわ」

「ボヤの当日、ご自宅にいらっしゃいましたか。なにか変な出来事、不審な人物は見かけませんでしたか」

「あの日は家にいたんだけど、炎に気が付いたのは夜遅くよ。やけにきな臭いなと思ってね、それで窓を開けて確かめたの。そしたら新村さんの庭で炎が上がってるのが見えて。あわてて消防に通報したわ。でも変な出来事や不審な人には気付かなかった」

「この近辺に、当時のことを記録した防犯カメラがあるかどうかをしりませんか」

「どうかしら。この辺じゃ誰もそんな必要は感じなかったもの。うちも特に設置していないし」

亜坂は辺りに視線を巡らせた。目に留まるのは古びた家屋が多く、どの玄関先にも防犯カメラは見当たらなかった。少し先に新しく建築されたらしいマッチ箱のような住宅が数軒固まっているが、防犯カメラが設置されているとしても距離がありすぎた。

「消防がすばやく消火活動をしてくれたのはありがたかったわ。でもその後の掃除まではしてくれないのね。放水されてこの辺りは、煤《すす》が溶け出した水やゴミの燃えかすで汚れてね。ご近所が総出で後始末したのよ」

確かに出火した家もその周囲も、綺麗なものだった。側溝の近辺には、箒《ほうき》で掃いた跡やホースで流し込んだらしい泥水の乾いた痕があった。亜坂は住人に礼を述べた。

期待していた手がかりを入手するのは困難に思えた。聞き込みは空振りに近い。分かったのは、そこでボヤがあったという事実だけだ。車に戻ると土橋が助手席に座るのを待って亜坂は尋ねた。

「どこへ向かいますか」

「ボヤの記録が残っているところだ」

「管轄の消防署ですね」

亜坂は車のエンジンをかけた。

「この辺りは、去年の誘拐事件の現場とは少し離れているだけだが、様子が違うな」

「ええ、この辺は、古くからの住人が多いんですよ。かつては造園業が盛んだったんですが、時代とともに敷地を切り売りして、住宅地になったんです。私が住んでいる賃貸マンションも、切り売りされた土地に建ったものです」

「だから古い家と新しい家がごっちゃなのか。ペンキが剝げかかった木造の平屋と、少し離れて綺麗なこぢんまりした一戸建てがある。あれは招かれて客間に入った客みたいな家だな」

土橋の言葉に亜坂は地域の住人らしく答えた。

「年代の差なんです。東京は今、世代による住環境の違いが顕著なんですよ。特にここみたいな郊外では」

亜坂はフロントガラスの向こうに背を伸ばしているペンシルビルを眺めながら説明した。ビルは区画の端にあたる位置で、旧住宅と新住宅の混在を象徴するモニュメントに思えた。

「高齢化と少子化が、不動産市場にも影響を及ぼしているんです。この辺りの古い家は、売却するにも価格が安いんですよ。一方で、総体的な需要が減ったために、都心の住宅は相場が下がり、若い夫婦たちは通勤に便利な都心へと回帰する傾向があるんです」

「夢のマイホームが集団移動しているってわけか」

「この辺りはその境界域といえるんです。土地付きの一戸建てを求める人間の。もっと郊外へ行くと古い家が増えて、新しい住宅は減っていきます」

「要するに、東京は小さくなっているんだな」

「人影が薄くなっている、といった方が正しいかもしれません。マイホームの中身が消えて、外側だけが残ったように」

「ヤドカリが殻を残していったみたいなものか。もっともあれは、成長して大きくなって殻を捨てるから逆か」

「最近、郊外の住宅地は七、八軒に一軒が空き家になっているそうです。高度成長期に建った郊外の家では、子供が成長して出ていき、住んでいた親たちが世を去って空き家になっています。あるいは住人が高齢となり、介護施設へ移り住んだり」

「この辺りもか？」

「ええ。中古物件は業者に対して売却価格が安く、一方でそのまま販売するには買い手がつきにくいんです。おまけに更地にすると固定資産税が約四倍になる。そもそも解体費用も馬鹿にならない。だから空き家のままにしているというわけです」

「詳しいんだな。もしかして家を買うつもりなのか」

「まだ先のことですよ」

土橋は亜坂の言葉に曖昧にうなずいた。そして訊《き》き返した。

「解体費用ってのはどのくらいが相場なんだ」

「三十坪で百万はしますね」

土橋が溜息《ためいき》を吐《つ》いた。荻窪《おぎくぼ》にある実家のことを考えていたのかもしれない。亜坂は車をスタートさせた。

放火現場から管轄の消防署に向かう頃には昼を過ぎていた。二人は署でゴミ屋敷の記録とともにボヤについての話を聞いた。

「大した事件じゃなかったですよ。ゴミの一部が燃えただけで、家屋への延焼はなし。消火活動も簡単に終わりました」

放火の処理に当たったという署員は淡々と述べた。亜坂は尋ねた。

「多摩地区で放火がいくつか続いていますね。今回もそれに関係していそうですか」

「犯人が同一かどうか、ですか」

相手はしばらく考え込んだ。

「どうでしょうね。確かに五件ほど放火が続いています。でも空き家へだったり、建築中の物件だったり、今回のようにゴミ屋敷だったりしてますからね。決まった条件を狙っている様子ではないですね。それに手口がどれも単純なんですよ。紙や布、枯れ草を燃やして、それを目的の場所に放置する」

「同一犯の可能性は薄いのですか」

「私の経験からすると、イタズラの可能性が強いですね。そしてイタズラの尻馬に乗って誰かがまたイタズラする。そんな感じです。放火の多くはそんな犯行なんですよ。相手を焼き尽くして滅ぼすためじゃない。ただ燃えていることが楽しいんですよ」

署員はデスクにファイルを置いた。中から封筒を取り出す。

「これが現場写真です」

束になっていた写真が天板に広げられた。椅子に腰かけた亜坂と土橋は一枚一枚、手にとって眺めていった。様々な角度でゴミ屋敷の庭が撮影されている。庭には積まれた段ボール箱、その隙間を埋めるようにビニール袋。むき出しのままのプラスティックの容器。それらが層を重ねるように山を築き、層と層の間に青いビニールシートがはさまれている。

　まるでゴミで作られたミルフィーユだ。亜坂は現場写真にそんな感想を抱いた。

　多くは出火場所をとらえている。屋敷の庭に面した道路にビニール袋がはみ出し、その一部が黒こげになり、庭へと続く方へ半焼になっていた。道路側は放水のために濡《ぬ》れ、煤となった溜《た》まりができていた。

「これは？」

　亜坂は手にしていた一枚を注視した。他の写真とは違い、現場の全景をとらえたものだった。出火元のゴミ屋敷と近隣の住居が遠景で写っている。写真の隅になにかがあった。ごく小さな物で肉眼では把握しづらかった。問題のゴミ屋敷の隣家だった。

「それは現場検証の際の写真ですね」

「ルーペはありますか」

　亜坂の言葉に署員が拡大鏡を持ってきた。亜坂は受け取ったそれで、写真の問題の部分を観察した。ゴミ屋敷の隣家のフェンスが道路に沿っている。そのコンクリートの基礎部分に、白いなにかがうかがえた。

「土橋さん」

亜坂はルーペと写真を隣の土橋に手渡した。土橋は亜坂同様に写真を改めた。

「ニゴリ、当たりだよ。筆跡鑑定の必要はないな」

天板にルーペを置くと土橋が告げた。写真の問題部分は、拡大して眺めるとなんとか理解できた。それは、白墨か蠟石《ろうせき》によって書かれた落書きだった。

←ねぼすけ
そう残されている。矢印はゴミ屋敷の方向を指していた。

「相手は予測していたんです。ボヤ騒ぎで消火活動があると、ゴミ屋敷は放水で綺麗に流される。だから落書きが残るように、わざわざ隣の家にメッセージを残した」

亜坂の言葉に土橋がうなずいた。

「これで三つ目だ。二つなら偶然の一致の場合がある。しかし三つの一致は偶然とはいえない」

消防署を出る頃には午後四時を過ぎていた。土橋を一旦、本庁まで送り、理沙を保育園へ迎えに行くことを考えると、今日の聞き込みはここまでだった。

「小学校の花火に関しては今夜、調べに向かいますが、今までの経緯について土橋さんはどう考えますか」

「三つの落書きか。小学校に〈先生〉。ゴミ屋敷の放火に〈ねぼすけ〉。下水道の爆発に〈おこりんぼ〉。おそらく同一犯によるものだろう」

「相手はなにを伝えたいのでしょうか」

「さてな。どれもあだ名みたいだという共通点しかない。メッセージと呼ぶには尻切れトンボすぎる。動物の盗難が〈先生〉で、人か場所みたいだろ。ゴミ屋敷の場合は〈ねぼすけ〉と、時間を示しているようにも思える。そして爆発の〈おこりんぼ〉は現象だ。どれも落書きの意味合いが異なっているのも疑問だ」

「それぞれの表す意味合いが、土橋さんのいう見えないなにかなんでしょうか。三つの落書きが、同一人物によるものである可能性が強くなってきました。でも、その真相が見えない」

「そうだ。それを突き詰めることが、見えないものを見つけることになる。メモは取っているな。真相につながるヒントを探すんだ」

朝からの聞き込みは記してある。それは去年、土橋に徹底的に教え込まれた捜査方法だった。

「単なるイタズラでしょうか。あるいは、なにかの嫌がらせなんでしょうか」

「それはこれからだ。今晩、メモをじっくり改めろ。明日、検討しよう」

「捜査に付き合ってくれるのですか」

土橋が視線を据えてきた。

「ニゴリ、お前もまだまだだな。なんだかざわざわする感じがしていたんじゃないのか。乗りかかった船だから付き合うわけじゃないぞ。相手は三度、事件を起こしている。その意味が分かるか。時計の目盛りで答えてみろ」

土橋のいわんとすることが理解できた。

「最初が小学校の動物の盗難。次にゴミ屋敷の放火。そして下水道の爆発です」

「事件は三度、繰り返された。まるで時計が動いているみたいにだ。そして時間の経過とともに事件はエスカレートしている。もしまだ時計が動いているとしたら、時計の針は、どうなる？」

「進みます」

「そうだ。動く時計の針は回る。そして次の目盛りにくる。相手は事件を三度続けた。ということは、四度目の事件を必ず起こす。それも、もっと大きなやつを」

亜坂は土橋を本庁まで送り、家に戻ると歩いて理沙を保育園に迎えに行った。

＊

「さて工作の時間だな」

つぶやいたおとぼけは、自宅マンションのテーブルに背中のデイパック、両手に提げていたビニール袋を置いた。念のために、数軒のホームセンターに分けて買い物をした帰りだった。ほとんどの材料はそれで揃《そろ》った。比較的、精密さが求められる部品も、ネットの通販で手に入れてある。

おとぼけは、さっそく目的の工作にかかった。手元には工程をメモした紙片がある。ネットで検索したものだ。国内のサイトでは細部がぼやかされていたが、パリで起こった連続爆破事件に関連する海外のサイトをたぐっていくと、詳細な情報が入手できた。

これから作るのは、新たなステップへ向けたものだ。〈おとぼけ〉から始めた一連の行為の仕上げといえる。本当は、次の大きなステップである〈てれすけ〉を終えてから使うのだが、事前に準備が必要なのだ。

今までのステップを思って、おとぼけの脳裏に言葉が浮かんだ。〈おとぼけ〉、〈先生〉、〈ねぼすけ〉、そして〈おこりんぼ〉。だが本来、〈おとぼけ〉はおとぼけではない。一連の言葉は、どれも自身を指す言葉ではない。敵対する相手に対するものだ。あるいは社会全般に対してといってもいいだろう。どれも絶望の果てに自身が得た結論からくる行為なのだ。

まずおとぼけは造園用の肥料の口を開いた。成分は、窒素肥料である硝酸アンモニウムだった。次に家庭用の軽油缶の蓋を開けた。キッチンにあった調理用のデジタル計量器を持ってくると、一リットルに対して肥料と軽油をサイトで得た割合で配合し、飲料用の詰め替えボトル二本に満タンにした。

目的の品の主成分だが、極めて単純な作業だ。ただ配合するだけで、肥料はパリで使われたものと同一となる。次の作業はやや細かいものだった。マッチの頭を数本ちぎってまとめると、ニクロム線にセロハンテープで包み込むように貼り付けた。間隔を置いて数珠繋《じゅずつな》ぎに四カ所作成する。

作業はもっとも慎重を期すべきものに向かった。おとぼけは買い求めてきた一メートルのスチールパイプを、鉄ノコで均等に四分割した。次に山ほど購入してきたロケット花火の身をほぐし、中身の火薬をパイプの中に詰めていく。

これはきつく詰める必要があった。しかしあまりに強く押し込みすぎるとその場で爆発する。パイプ四本に火薬を詰め終えるのには一時間近くがかかった。ぎっしりと火薬の詰まった四本は雷管であり、伝爆剤の役割も担う。

先ほど肥料と軽油で作った主成分はＡＮＦＯ、硝安油剤と呼ばれる爆薬だが、これは起爆の反応が鈍く、雷管一本程度では爆弾とならない。通常はプライマーブースターといわれる爆発を促進する伝爆剤が必要だ。だがブースターを製造するには、かなりの手間がいる。それよりも雷管の威力を強くする方が、手間を省けるのだ。

無事に火薬を詰め終えたおとぼけは、四本の雷管の頭に、先ほど作ったマッチによる起爆部分を埋め、お尻と頭をエポキシ接着剤で密閉した。ニクロム線でつながった爆竹のような四本の筒が出来上がった。作業はほとんど終わった。残されているのはわずかな工程だ。

おとぼけは1・5Vの単一乾電池を工作用電池ケースに納め、雷管から伸びるニクロム線の片端をケースに結んだ。電池ケースをガムテープで爆弾と固定すると、立ち上がり、キッチンにあった小振りの段ボール箱を取り上げる。

ネットの通販で買った部品、タイマーIC555とコンデンサー、そしてリレー。中身を取り出すと、発注表と段ボール箱を隅に片づけた。IC555は安価で極めて使いやすい。コンデンサーとリレーのチップをその基盤に組み合わせることによって、タイマーとして使用できる。

コンデンサーはリレーを通じて充電され、飽和状態に達すると放電へと切り替わる。設定する時間は、電気抵抗があるリレーがどのくらいの時間でコンデンサーを飽和状態にするかの計算による。

手帳ほどの大きさの基盤をタイマー部品としてつないだおとぼけは、しかしニクロム線の片方はそのままにした。これをつなぐのは爆発のカウントダウンに入ってからだ。おとぼけは出来上がった爆弾を、空になっていた靴箱に入れた。

大したサイズではない。どこにでも隠せるし、誰も怪しまないだろう。しかしその威力はパリで証明されている。おとぼけはさらに作業を続け、同様の爆弾をもうひとつ作った。

ただしそちらにはタイマーを取り付けなかった。なぜなら必要がないからだ。こちらは好きなときに好きなように爆発させるためのものなのだ。すべての作業を終えるととぼけはテーブルをかたづけ、そしてマンションを後にした。憎むべき、あの女を続く対象とするために。

三

亜坂は保育園から連れ帰ってきた理沙と夕食をとり、風呂に入れ、寝かしつけた。そしてマンションを出た。時刻は午後十一時近く。徒歩で小学校の方角へ向かい、そのそばにあるコンビニエンスストアを目指した。場所はおおよそ把握していた。

ジャケットのポケットには、小学校の岡田用務員から借りた写真が入っている。十分ほど歩いて目的のコンビニエンスストアに着いた。秋口の夜、煌々《こうこう》と輝く店は誘蛾灯《ゆうがとう》を思わせた。薄明るい駐車場には車が数台、停《と》まっていた。その中に白いライトバンがあった。住人に聞いた通り、車の前に五人の若者がしゃがみこんでいる。

塗料で汚れたトレーナーにニッカボッカ。踵《かかと》を踏みつぶしたスポーツシューズ。若者たちはどれも似たような恰好《かっこう》で、一目で建設関係の仕事だと分かった。亜坂が近づいていくと全員が顔を上げた。

「誰の車ですか？」

亜坂の問いにグループは互いに視線を交わしあった。しかし返答はなかった。亜坂はメモを取り出すと車のナンバーを綴《つづ》った。そして警察手帳を若者らに示した。

「答えなくても調べればすぐに分かります。だから今、答えた方が話が早いですよ。署に呼び出されずにすみますから」

「俺のだよ。だがそれがどうした？　ここは駐車場だ。駐禁の切符は切れないぜ」

グループの一人が答えた。何度も職務質問された経験があるようだった。返答が手慣れている。亜坂はポケットから一枚目の写真を取り出した。

「これはあなたの車ですね」

示しているのは学校の防犯カメラに写っていたものだった。相手はそれをちらりと眺めた。

「小学校に忍び込んで、花火で騒いでいたときのです」

若者は仲間に視線を巡らすと、亜坂から顔を逸《そ》らすように横を向いた。残りの四人は黙っている。やがて一人が苦々しげにつぶやいた。

「ただの遊びだよ。花火は広いところでやらなきゃ、危ないだろ？　そんなことで俺たちを捕まえるつもりか？　点数稼ぎもいいところじゃないか」

「立派な不法侵入ですよ」

亜坂の声に答えた一人は目を伏せた。尻尾《しっぽ》をつかまれていることは理解できているらしい。亜坂はもう一枚の写真をポケットから取り出して尋ねた。

「正直に答えるなら、花火の一件はなかったことにします。こっちも、あなたたちによるものですか？」

空っぽのウサギ小屋をとらえた写真だった。地面に〈先生〉と文字が刻まれている。グループの視線が写真に注がれた。

「なんのことだ？」

車の持ち主である若者が訊《き》き返してきた。

「小学校でウサギが盗まれたんですよ。あなたたちがやったんですか」

「ウサギを盗む？　なんのために？　原始人じゃあるまいし、俺たちが喰《く》ったとでもいうのか。それとも売ったとか。第一、あそこにウサギがいたことすらしらねえよ。俺たちは、ただ花火をしていただけだ」

グループの全員が亜坂を見つめ、返答を待っている様子だった。隠し立てをしているようには思えなかった。

「よく見てください。小屋の前に〈先生〉って書かれていますね。本当にあなたたちじゃないんですね？」

「なんだよ、それ。意味不明だな」

グループの一人が反論した。別の一人が続けた。

「ポリ公、よく考えろよ。誰の落書きかしらないが、〈先生〉って書き残したんなら教師をそう呼ぶ奴《やつ》、つまりあの学校に通っているガキか、関係者ってことになるだろうが」

「関係者？」

「いいか、俺たちはみんな、地元じゃねえんだ。こっちに勤めにきているだけだからな。あの学校とは縁もゆかりもねえ。だから、あそこに通ってるガキの仕業といってるんだよ。この頃の小学生は、なにをするかわからないだろ」

一人が含み笑いを漏らした。確かに筋が通った言葉だった。亜坂は質問を変えることにした。

「あなたたち、昨日の昼間は、なにしてましたか？」

下水道の爆発について、探りを入れてみた。爆発に使用されたのはガソリン。容器はポリタンク。車を使用し、建築関係に従事しているなら、容易に入手できる材料だ。

「仕事に決まってるだろうが。俺たちは同じ内装工事の会社に勤めてるんだ。昼間は働いている。汗水流してな。だから夜は、こうやって息抜きしてるんだよ」

恰好からも言葉に偽りはなさそうだった。汚れた作業着がそれを示している。

「休みは？」

亜坂はさらに問いただした。勤務がある日中は、タンクを下水道に置くことはできないだろう。しかし夜間や休みの日は別だ。

「あんた、俺たちの仕事について、なんにもわかっちゃいないんだな。休みなんて、あってないようなもんだ。内装工事ってのは、最後の仕上げなんだよ。基礎工事や建築工事、電気にしたって、のんべんだらりとしてやがる。だからしわ寄せがいつも内装に回ってくるんだ。休みなんて、仕事と仕事の合間ぐらいだよ」

別の一人が補足した。

「あんたがなにを調べてるかしらないが、ここ一ヶ月の俺たちはてんてこ舞いなんだよ。近くに大きなショッピングモールがオープンするだろ？　親方がそれを請け負ったんだが、期日は迫ってる。今日もさっきまで仕事だった。他の内装屋も大変な忙しささ」

相手の言葉が事実なら、このグループが爆発に関係している線は消える。ポリタンクのガソリンが気化して下水道内に充満するのは二、三週間。ゆっくりと気化していったとしても、一ヶ月も前に下水道に隠されたとは思えない。それだけの時間が経過していれば、とっくに爆発しているか、あるいは霧散してしまっているはずだ。

「皆さんが、ここによくたむろしていると聞きました。ここしばらく、なにか変わったことに気が付かなかったですか」

このコンビニから小学校へは近い。ウサギの盗難がこのメンバーによるものでなかったとしても、不審者なり、なにかの目撃情報が得られるかもしれないと亜坂は考えた。質問が変わったことでメンバーは、目の前の警察官が自分たちに嫌疑を向けていないと理解したらしい。緊張を解いた様子で一人が答えた。

「そういえば変な車を見たな」

思い返すようにつぶやく。すると一人がうなずいた。

「ああ、例の宇都宮ナンバーの白か」

「詳しく聞かせてください」

亜坂の言葉にライトバンの持ち主である若者が告げた。

「ショッピングモールの仕事が入る前、俺たちは比較的暇だったから、夜になるとよくここにたむろしてたんだ。すると同じように、ここに駐車してる車があった」

「車種は?」

「N社のセダンだ。乗用車。古い型だったな」

「その車のなにが変だったですか?」

「最初は特に気にしなかったさ。だがちょくちょく見かけるから、なんだろうなって思ったんだ。ナンバーが宇都宮だろ。随分遠くからきてるから」

「それだけですか?」

「いや、変だと思ったのはそいつの様子さ」

「なにかしていたのですか」

「なにも。だから変なんだ」

相手は前置きすると説明を始めた。

「いいか、ここはコンビニだろ。しかも今みたいな夜中だ。みんな買い物を済ませば、すぐに出ていく。立ち読みしてても十分がせいぜいだ。決まった車が長く駐車していることはあまりない。俺たちみたいなのを除けば」

「その車は長く駐車していた?」

「そうだ。そいつはただ車を停めていた。いつも俺たちがたむろする時間に停まっていて、十二時過ぎてしばらくするとどこかへいっちまうんだ」

「いつ頃のことですか?」

「一ヶ月ほど前からかな。別になにをしているわけでもなさそうだった。店を利用するようでもない。仮眠しているのでもない。運転席に一人で、ただじっと座ってるんだよ。一時間近く。そんなことのために、宇都宮から定期的にここに通ってくるのは変だろ?ま、向こうの車をこっちに持ってきてただけかもしれないが。だとしても、変な暇つぶしの仕方じゃないか」

「その人物のことを覚えていますか」

「暗いし、車の中だから、よく見えなかった。ただ男だったのは確かだ。若くはない。といっても年寄りでもない。普段着だったな。崩れた恰好じゃないから、ややこしいことにはならないと思った」

ライトバンの持ち主の若者はそこで亜坂を見やった。

「覚えているのはそれだけだ。ナンバーまでは分からねえ。もういいだろ?」


今晩の教会の夕食は、いつもと変わらない感じだった。いつきは寝床でそのことを思い返していた。

野菜の葉や芯を煮込んだスープ。主菜はレバーとモヤシの炒《いた》めもの。そして白米。ごちそうではないが、家で食べるのよりもずっと温かい食事だった。いつきにはそれだけで嬉《うれ》しかった。

「いらっしゃい。いつきちゃん、たくさん食べて帰りなさい」

チャプレンはいつものように笑顔で迎えると、教会の奥にある食堂にいざなってくれた。テーブルにはいつも見かける老女、いつきと同様に母親と一緒の子供が二組いた。

「食べる前にお祈りをするんだよ」

チャプレンが食事に手を付ける前にいつきに告げた。いつきは以前に教えられた通り、手のひらを組むと祈りを捧《ささ》げた。

目の前の人物を誰もがチャプレンと呼ぶ。チャプレンの意味は分からない。ただ誰もが尊敬し、その指示に素直に従うところからこの人は特別なのだろうといつきは理解していた。

祈りを終えると、いつきはチャプレンに視線を注いだ。

「よくできました。さあ、めしあがれ」

「いただきます、チャプレン」

いつきは小さく声を上げると、箸を取った。チャプレンは食事を頬張るいつきをじっと眺めている。ふと昨日、図書館で出会った少女の言葉を思い出した。理沙と名乗った少女は、来年の春から小学校にいくと告げていた。

あの子は小学校には先生がいて、いろんなことを教えてくれるといっていた。先生とは、チャプレンみたいなものだろうか。チャプレンもいろんなことを教えてくれる。しかしそれは聖書になにが書いてあるか、それはなにを意味するかばかりだった。

いつきがしりたいことは別にあった。例えば、庭に穴を掘り続けていけば、いつかは外国につながるのだろうか。その外国はどんなところなのか。あるいは、近くで見かける鳥はなんという名前か、なんと鳴いているのか、だった。チャプレンはそんなことは教えてくれない。お母さんもだ。

小学校に通ったら、先生がそんなことを教えてくれるのだろうか。しかし、いつきは小学校にはいけない。だから新しい友だちもできない。そもそも友だちなどいないのだ。なによりそれが淋《さび》しかった。いつもいつきは一人で遊び、一人で過ごしてきた。

「いい、いつき。あなたとお母さんがどこで暮らしているかは、誰にも内緒だからね」

母親のいつもの言葉が脳裏をよぎる。

「しらない子とお友だちになったら、いつきとお母さんがどこで暮らしているかがばれて、そうなると、もう一緒に暮らすことができなくなるのよ」

常日頃からの母親の言いつけは、悲しいものだった。親子連れの多い公園には近寄ってはいけない。誰かと一緒に遊んでもいけない。いつきのことを親に告げるかもしれないからだ。滅多にない買い物にも一緒にいけず、留守番をさせられた。

唯一、遊びにいってよいのは図書館だけ。そこならお金がいらないし、子供が一人でいてもおかしくないからと母親は許してくれた。だが昨日、その図書館の近くで爆発があり、いつきは大人たちが騒いでいる間に図書館をそっと抜け出して家へ戻った。母親の言葉通りになるのが、なにより怖かったからだ。

いつきは回想を続けた。教会の食事が終わると、誰もが次の奉仕の日を尋ね、帰っていく。いつきたちも同様だ。チャプレンは、いつきが教会を立ち去るまで、いつまでも見つめてきた。なにかいいたいのだろうか。その視線は、いつもいつきを不安にさせた。

――なにかよくないことが告げられるのではないか、チャプレンが口を開くと、とても怖いことが起こるのではないか。

そんな漠然とした怯《おび》えがいつきに湧く。だからいつきは、いつも教会では、ほとんどしゃべらない。そして母親と家に帰る。今夜もそうだった。そして母親はいつきに寝るように告げて仕事に出かけていったのだ。

薄い敷き布団に毛布を二枚掛けただけの寝床。いつきはその中に服を着たまま、潜り込んでいる。以前よりずっと寒くなった。しかし家に暖房器具はない。明かりは灯《とも》らず、真っ暗だ。母親が部屋を照らすランタンを消していったからだ。

全身が痒《かゆ》くて、いつきは寝付かれなかった。数度、首を指で掻《か》いたが痒みはおさまらない。気を紛らわせようと別のことを考えることにした。図書館で会った理沙という女の子が、また脳裏に浮かんだ。

友だちを作るのは駄目なのだ。だからあの子とは友だちになれない。だけど少し話をするのはどうだろう。それくらいなら友だちになったことにならないはずだ。

理沙は大きな石垣のある家の近くに住んでいるといっていた。しかしそこがどこかはいつきには分からなかった。もう一度会うには、どうすればいいだろう。また図書館へいけば会えるだろうか。

母親は帰ってこない。帰ってくるのは、もっとずっと遅くなってからだ。いつもいつきが眠ってしまってから。でも朝になって目覚めたときには母親がいる。そして朝ご飯なのだ。

　真っ暗で誰もいない家でいつきは再び理沙のことを考えた。小学校の話を聞きたかった。いつきはひもじさから、ポシェットに入れてあるティッシュをちぎって口に入れた。そしてそれを噛《か》んでいる内に、いつの間にか眠ってしまった。


　午前十二時五十五分、てれすけが最終バスを降り、暗い夜道を歩いてきた。細い体に長い髪。小さなハンドバッグを提げている。二十代半ばの若さで、女盛りと呼ぶには早すぎる。本当の名はあいり。しかし今ではすっかりてれすけになっている。それは派手な化粧と短いスカートで分かった。

　相変わらず、いい女だ。それがおとぼけの胸に惜しいという思いを湧かせた。次いで憎悪が走った。てれすけのことはすでに調べた。彼女は過去を抹消している。そして幼い娘と一緒だ。娘はいつも垢《あか》じみた同じ服を着ていてみすぼらしい。自分が父親なら、あんな風にはさせなかっただろう。

　しかし、父親が一緒だったところは一度も見たことがない。なぜなら彼女はてれすけだからだ。着た切り雀《すずめ》の小さな娘を夜中に一人で過ごさせ、自分は立川《たちかわ》にあるキャバクラで働き、遅くまであるバスの最終で帰ってくる。酒の臭いをさせて。午後六時から今の時間までの勤務だ。

いつの間にそうなったのか、てれすけはそうやって暮らしてきたのだ。この世界で流されるままに。かつての彼女の過去を思い、その連想がおとぼけに憎悪を湧かせていた。てれすけはバス停前の坂を上らず、右に曲がった。いつもは坂の上のコンビニに寄るが、今夜は自宅へまっすぐ帰るようだ。今までの観察で、てれすけの行動は分かる。出勤前におそらく教会で食事をすませているのだ。つまり今日の勤務は短かったのだろう。

おとぼけは暗がりに後ずさると、てれすけが通り過ぎるのを待った。待ち望んでいた結果はもう目の前だ。怖いものなどなにもない。なぜならこちらにはお為《ため》ごかしではない真実があり、それを支える神、正しくは哲学がある。要するに、こちらは無敵の存在なのだ。モンセギュールの砦《とりで》にいた仲間同様に。

むしろこの息苦しさ、生きにくさこそ苦行だ。無敵であるが故の宿命。無敵であるが故の矛盾。どれだけ祈っても、どれほど待っても奇跡は起こらなかった。だからてれすけを犠牲にするしかない。

ハイヒールの音が近づいてきた。おとぼけは息を止めた。できる限り気配を消す。気付かれなかった。暗がりの前をハイヒールの音が通り過ぎていく。しばらく待っておとぼけは暗がりから出た。てれすけが歩いているのは、ほんの少し先だ。おとぼけはゆっくりとその背中を追った。

物的かつ暗黒なる一切は、この世界が原因であり、現実世界は悪霊、デモンの所産。だから禁欲によって、この世界が終わるまで待たなければならない。自身は肉も卵もずっと口にしていない。性的関係はいうまでもない。そうやって究極の無のあとの世界を待つのだ。

耐忍、エンドゥラの敢行でもよかった。次の世界がくるまで、なにも口にせずに待つこともできた。だが自分の選んだ結論は別の手段だ。モンセギュールの砦、あそこで行われた秘蹟《ひせき》を自らの手でなすのだ。この世が悪の産物であることを世に伝え、出陣するのだ。

努めて足音を消して、前方のてれすけとの距離を縮めていった。決行まで二分も要さないだろう。その程度の時間で、てれすけの背中に追いつく。使うべき道具は今、身にまとっている黒い毛織りの外套《がいとう》の中に携えている。

フードが付いたこの外套を近郊の衣料品店でみつけたとき、おとぼけには小さな奇跡ではないのかと思えた。まるで自身に救慰礼、コンソラメントゥムを執行せよと告げているかと思えた。だから腰に目印の紐《ひも》を結びつけている。

進んでいる道の少し先にてれすけの家はある。古い木造の一軒家。あと五分ほどの距離だ。だが、そこへたどり着く前にステップは終わる。道の途中に造園業の名残りを示す雑木林が茂り、そこを抜けていくからだ。あそこで異端者を審判すれば、すぐには見つからない。といっても二、三日ほど発覚が遅れればいいだけだ。それだけの時間があれば、最後のステップへと進むことができる。

おとぼけは、まばらに灯る水銀灯の陰から陰へと移動を続けた。こちらを振り返っても、黒装束のために暗がりのうごめきにしか見えないだろう。次第に歩調を速め、とうとう雑木林に差し掛かったてれすけの背中をとらえた。そして外套の内側から大振りのレンチを取り出した。

気配に気付いたのか、てれすけがこちらを向いたとき、レンチは空を一閃《いっせん》していた。鈍い音とともにしっかりとした手応えが伝わる。てれすけは錐《きり》もみしながら道路に倒れ込んだ。おとぼけは、倒れた相手の両脇に手を滑り込ませると、その体を雑木林の中へと引きずっていった。

落ち葉が堆積する地面に横たわり、てれすけは体を小さく痙攣《けいれん》させている。手首には小さなハンドバッグが絡まっている。それをそのままに、おとぼけはうつぶせになっている相手の後頭部に、とどめの一撃をレンチで加えた。相手を見下ろしながら、しばらく待った。すると痙攣が止《や》んだ。

てれすけの髪は噴き出してくる血で束になっている。皮膚がめくれ、ピンク色の脂肪がうかがえた。よく見ると髪の裏側、後頭部が数センチのサイズで脱毛していた。女の過去の痕跡が哀れさを誘った。

気を取り直して、おとぼけは女のハンドバッグを改めた。現金以外なにもない。身元を証明するものは皆無だった。だからバッグはそのままにした。

おとぼけは女を仰向《あおむ》けにすると、外套のポケットにあった小さなナイフを取り出した。スカートをめくり、下着をずらすと陰部の丘にナイフの刃先を当てた。

四

翌六日、木曜日、午前八時過ぎ。土橋源造は警視庁捜査一課に電話をすると、リハビリで外出するため、終日、席を空けると管理官に伝言を託した。そして家を出ると、電車で亜坂のマンションへ向かった。昨日の捜査を亜坂と続ける予定だった。

「理沙を保育園に預けてから、車で迎えにいきますよ」

「いや、二度手間になるし、少しは歩いた方がリハビリになる」

土橋は亜坂の申し出を断っていた。土橋の家は荻窪にある。亜坂の家までは中央線で一本だ。桜田門に一旦、出かけるより手間が省ける。それに病人扱いは御免だった。

改札を出たのは午前九時頃。約束した時間は九時半。すでに亜坂は娘を保育園に連れて行き、自宅でこちらの到着を待っているだろう。土橋は駅前からゆるやかに弧を描く道路を住宅街の方へと歩き始めた。

亜坂のマンションは駅から一キロほどだ。道順は頭に刻まれている。病院を退院して以降、亜坂が数度、土橋を自宅に招き、手料理を振る舞ってくれたからだ。土橋は五十代半ばだが、この歳《とし》でもまだ肉料理に目がなかった。だから亜坂の作ったポークカツレツに舌鼓を打った。デザートのアップルパイにも。

最初の信号を目指し、土橋は舗道を歩いた。わずかな距離を進むのに時間がかかった。足どりは緩慢で歩幅は短い。従来の自身の歩行に比べて年寄りじみていることが苦々しかった。昨年の発作の結果だ。

脳梗塞《のうこうそく》で倒れた土橋は数ヶ月、ベッドで静養することを医者から義務づけられた。その数ヶ月で、足の筋肉がみるみる衰えた。刑事にとって足は生命線だ。歩行に支障が生じることとは、捜査の第一線を退くことを意味する。だから土橋は、できるだけ歩くように心がけていた。

遅い出勤となる勤め人が、舗道を駅の方角へ向かってくる。フレックスタイムというやつだろう。しかし男女の人波は意外なほど多い。それが前方から足早に現れると、フェイントをかけるサッカー選手のように土橋の脇をすり抜けていく。そして自転車。駅までの道のりに自転車を使う人々の中には、車道でなく、歩道を進む者がいる。本来、法規違反なのだが、叱責する気になれなかった。あっという間に背後に消えるし、それが後を絶たない。人の流れと逆らうかたちで歩いている土橋は、自転車や歩行者がくるたびにその場に竦《すく》んだ。

まるで、見知らぬ国に足を踏み入れた異邦人になったかに思えた。自分が場違いであり、朝の出勤者の邪魔になっているとも感じ、後ろめたい思いが湧いてくる。もっと年老いて、本当に足元がおぼつかなくなった老人たちは、道を歩くのにこんなに難渋しているのだろうか。

二つ目の信号にたどり着き、赤信号で土橋は立ち止まった。駅前の商店街はすでに終わり、住宅街が始まっている。信号を渡り、右へ折れると亜坂の住むマンションだ。土橋は信号が変わるのを見定めようとした。

すると目にとまるものがあった。横断歩道の向こうで信号待ちする人々と少し離れた位置に少女がたたずんでいる。まだ幼い。痩せた小さな体で、長い髪がほつれ、辺りを不安げに眺めている。

視線に怯えが感じられた。土橋は怪訝《けげん》な思いにかられた。遠い記憶が脳裏によみがえってきた。この頃、見かけなくなったタイプの子供だ。しかし自身がまだ幼かった頃は同じような子がいた。

信号が変わり、待機していた人々が横断歩道を渡り始めた。しかし少女は同じ位置でたたずんでいる。一人だけ取り残された恰好《かっこう》だ。どうやら保護者は同伴していないらしい。土橋は信号を渡り、少女のかたわらに寄った。

「お嬢ちゃん、どうかしましたか？」

腰をかがめ、声をかけた。土橋は子供に対して可能な限り丁寧な言葉遣いを心がけている。相手を一人前の大人のように扱うのだ。それは土橋なりの知恵だった。

今まで接してきた大人とは違う振る舞いをされた子供は、驚きを覚え、自分が大人のように扱われていること、その扱いに対してきちんと対処しなければならないと感じる。その結果、真実を告げるのだ。

「なにかお困りですか」

ふと体臭が土橋の鼻を突いた。少女は薄い生地のワンピースを着ていたが、その襟元が垢《あか》じみている。そして首元に赤い斑点《はんてん》が浮いている。幼い頃の記憶にある子供の姿とそっくりだった。

「大きな石垣のお家《うち》」

少女が硬い顔でいった。どうやらその家を探しているらしい。誰かに道を尋ねながら、ここまで歩いてきたのだろう。石垣の家を土橋はしっていた。亜坂のマンションの手前にある屋敷だ。この近辺の大地主で亜坂のマンションもその土地に建てられたひとつだと聞いている。

「そこに用事があるんですね。だったらこっちですよ」

土橋は少女に声をかけると歩き始めた。土橋の歩みは少女のものと変わらない。二人は並ぶように道を進んだ。ほどなく地主の屋敷にさしかかった。長く続く石垣の中ほどに車入れとなる門がある。そこまできて土橋は再び少女に声をかけた。

「この家ですか？　誰をお呼びします？」

少女は首を振った。

「違うの。ここじゃないの」

返答に土橋は思案した。

「石垣のお家じゃないんですか？」

「石垣のお家の、近くのお家」

どうやら少女は地主の屋敷を目印にせよといわれたようだ。

「そのお家の名前は分かりますか」

土橋の問いに少女はうなずくと、小さく告げた。

「理沙ちゃんとこ」

返答に土橋はかがみ込むと、少女を見つめた。そして再び尋ねた。

「お嬢ちゃん、お名前は？」

「辻いつき」

「歳はおいくつですか？」

「五歳」

少女は答えた。緊張している様子がうかがえた。肩から斜めに提げていた星柄のポシェットをしきりに探っている。

「それで理沙ちゃんのところには、どんなご用事ですか」

土橋は確信めいた疑問を口にした。目の前の少女の状況に思い当たるものがあった。

「お母さんが帰ってこないの」

少女はつぶやいた。そして不意に目に涙を浮かべた。


土橋の連れてきた五歳の少女が、いつきという名であり、理沙に用事があると聞いたとき、亜坂は思わずつぶやいていた。

「図書館で知り合ったのは、この子だったのか」

少女はリビングのソファに腰かけ、所在なげに黙っている。瞳に涙をにじませているが泣きじゃくることはなかった。自身が置かれた状況に健気《けなげ》に耐えているらしい。

「母親は辻あいり。昨晩、家を出たまま、帰ってこなかったそうだ。目が覚めて、いつもいる母親が見当たらず、不安になったといっている。おそらく話は本当だろう」

土橋が告げると少女の首元を指さした。赤い斑点がいくつか浮いている。

「今じゃ珍しくなったが、俺の子供の頃にはまだこんな子がいた。貧乏は嘘《うそ》をつかないんだ。なぜなら世の中で一番、明白な事実だからだ。子供の頃、遊び仲間に、母子家庭の奴《やつ》がいた。父親が失踪したんだが、そいつもこの子みたいに痩せていて、首に赤い斑点があった。だからこの子も特別な事情があるのだろうと分かったんだ」

土橋は首筋の斑点がシラミによるものだと告げた。南京虫《ナンキンむし》の場合は嚙《か》み跡が二つ並ぶという。

「風呂に入れてやれ」

土橋の言葉に亜坂はバスタブに湯をため、理沙の衣類を着替えとして用意した。いつきが衣類を脱ぐのを待ち、それを洗濯機に入れた。

「頭を洗ってあげよう」

少女はうなずいた。バスタブの湯をかけ、シャンプーで髪を泡立てた。薄い胸にあばら骨が浮き上がっている。手足は細く、少女らしい柔らかさはない。小さく、やせこけた体軀《たいく》は、病的なほどの青白さだった。赤い斑点は全身に広がっている。

「あとは自分で洗えるね。よく温まってから出るんだよ」

痛々しさから亜坂は少女の体を直視できず、リビングに戻った。

「軟膏《なんこう》はあるか？　虫さされ用の」

亜坂は救急箱から取り出すと土橋に手渡した。

「母親はいつもなら夕方の六時頃、仕事に出かけ、深夜、戻ってくるんだそうだ。おそらく水商売だ。だが今朝はいなかった。今までそんなことはなかったらしい。それでしばらく待っていたが、帰ってくる気配がないので、子供なりになんとかしようとしたんだろう」

「それでうちに？」

「どうも近くで頼れる人間はいないようだ。ここを目指したのは理沙ちゃんが遊びにきてと誘ってくれたからといっていた」

　土橋が続けた。

「なにか食い物はあるか」

　亜坂はうなずくとキッチンへ向かった。今日、土橋がくることになっていたため、昨夜、手製のパイを焼いてあった。それを数切れ皿に盛ると、リビングに戻る。

「これは？」

「レモンパイです。カスタードクリームにレモン汁が混ぜてあります」

　硬い表情だった土橋の頬が緩んだ。

「具合がいいな。甘い物は気持ちを落ち着かせる。酸味は元気を呼び戻す。俺はここであの子の面倒を見てる。ニゴリ、お前はあの子の家に向かえ」

「このお洋服、買えない」

風呂場から戻ってきたいつきが開口一番に述べた。着替えとして用意したのは理沙の普段着だった。熊のイラストが描かれた子供用のトレーナーとジーンズ。いつきには少し大きかったようで、袖とズボンの裾を折り返している。子供なりに気を遣っているいつきに、亜坂は答えた。

「大丈夫だよ。理沙に貸してあげるようにいっておくからね」

新しい服が嬉《うれ》しいのか、いつきは初めて微笑《ほほえ》んだ。幼いなりに女の子だ。おそらく今までは、ずっと同じワンピースだったのだろう。亜坂はレモンパイを指さした。

「遠慮しないで食べなさい」

告げたのは土橋。すでに本人も相伴《しょうばん》に与《あずか》っている。亜坂は食べ終わるのを待って少女に近隣の地図を示すと、家がどこかを尋ねた。少女は歩いてきた道のりを指で辿《たど》りながらそれに答えた。場所は図書館の手前、坂のふもとを右手に曲がった先だった。

「パイはまだキッチンにあります。ただ理沙の分は残しておいてくださいよ」

土橋と少女を家に残すと、亜坂は目的地へ向かうことにした。地図では途中に雑木林があることになっているが、亜坂は最短距離を取って裏道を進んだ。ほどなく辺りは古い住宅が多い地域となった。少女の話では、その中の一軒、板塀に囲まれた平屋の家屋が母親と暮らしている家に当たる。

着いた家の門は南京錠によって施錠されていた。赤い瓦屋根が印象的だった。外観から築四、五十年は経過しているようだ。門柱に表札は掲げられていない。亜坂は裏手に回った。裏木戸は引き違いで、簡易な留め具で施錠されているだけだ。簡単に開けることができた。

雑草が低く茂る裏庭を抜け、亜坂は勝手口と対した。工具かなにかで壊されたのか、鍵穴に新しい傷が残っている。ノブを回すと馬鹿になっていた。亜坂はそのまま屋内に入った。

靴を脱いだ先は台所だった。カビの臭いが鼻を突いた。雨戸が閉められ、隙間から漏れるわずかな光だけが頼りだ。亜坂は電灯のスイッチを探し、それを押した。しかし明かりは灯《とも》らなかった。目を凝らしたが、台所にはテーブルも椅子もなかった。食器棚も冷蔵庫もない。ただがらんとした空間で、目立つのは古びたステンレスの流し台だけだ。しかし流しにもガスレンジはない。洗剤や洗った食器を入れるカゴも見当たらない。代わりにカセットコンロが置かれ、プラスティックの皿とペットボトルの水が並んでいる。亜坂は試みに流しの蛇口を回した。しかし水は出なかった。ガス管のゴム蓋を外し、コックをひねったが、ガスが出る音もしなかった。

ここは電気を始めとするライフラインが止められている。生活臭の薄さに亜坂は事情を理解した。本来、空き家なのだ。視線を巡らすと台所の隅にかなりのポリ袋があった。開くと中には、まだ捨てられて間もない缶詰の空き缶、インスタント食品の包装が溜《た》められている。少女と母親がここで暮らしていたのは確かだ。このゴミは母子《おやこ》が口にした食品だろう。それだけの収入はあったらしい。

　亜坂は台所を出た。すぐ先は居間らしきスペースだった。目の前に、玄関となる靴脱ぎと三和土《たたき》がある。十畳ほどの居間にもなにもない。そのまま廊下とつながり、左手に部屋があった。亜坂は扉を開いた。

　八畳ほどの和室だ。そこも雨戸が閉められ、薄暗かった。湿った畳が小さく音を立てた。家具はなにもなく、がらんとしている。テレビも電話も見当たらない。家電製品は皆無だ。

　小さなランタンが目についた。カセットボンベで灯るアウトドアに使用する類のものだ。冬へ向かうというのに暖房器具もない。部屋の真ん中には薄い敷き布団と毛布が二枚。皺《しわ》を寄せている様子から、少女がそこで眠っていたことが推測できた。

　押入を改めると、上の段に同様の敷き布団と毛布のセットが納められていた。横には畳まれた衣類。成人のものと子供用の下着。他には風呂桶《おけ》と石鹸《せっけん》、タオルの束と化学洗剤。黒いビニール袋に脱いだ衣類が入っていた。しかしそれ以外、なにもなかった。下の段は空だ。亜坂は室内に目を戻した。

　目に留まるものは少女の寝床だけだ。テーブルも椅子も座布団もない。ゴミ箱さえも。人間が日常で必要とする雑多な小間物、ペンや紙片、小銭も皆無だ。ここで少女と母親は寝るだけだったらしい。一連の様子から亜坂は推理を進めた。

この家で二人は、カセットボンベで食事を作り、水はペットボトルに入れたものを使っていた。どこかで汲《く》んだのを持ってきたのかもしれない。少女の汚れ具合から洗濯と入浴が頻繁であったとは思えなかったが、脱いだ衣類とともに洗剤と風呂桶がある点から、ときおりなんとかしていたらしい。

トイレはどうしていたのだろうか。亜坂はしばらく考え、自宅で広げた地図を思い出した。この家のすぐ近くに小さな公園があったはずだ。そこにおそらく公衆便所がある。必要になったら、それを利用していたのかもしれない。

土橋がいったように少女と母親には特別な事情があったようだ。だがそれは、貧乏であること以上のなにかに思えた。明かりが小さなランタンひとつだけで、暖房器具が皆無なのは、光が漏れることを極力避けたかったのではないか。確かに空き家に忍び込み、そこで生活しているなら、外部にしられたくはないだろう。

だが、生活用品がほとんど皆無なのはなぜか。母親が最低限必要なもの、身分を証明する証書、免許証や保険証などを始め、手にしている金品の一切合切を持ち歩いているのだろうか。

まるで幽霊が暮らしていたようだ。あるいは幽霊になりたかったのかと思える。ゴミを溜めていたのも、できるだけ目立たないようにするための配慮だろう。おそらく母親は、ここには誰もおらず、誰の目にも留められず、雨戸を閉ざした暗がりの中に、そっとしておいてもらえることを願っていたのだ。

母親は辻あいり。名前は分かっているが、それがどこの誰なのかはまだ判明していない。この家には、手がかりは残されていない。氏名をもとに免許証や住民票を調べる必要がある。そしてその母親がどこに行ったのかも。

少女の言葉は正しいのだろう。二人はここで世間から隠れるように暮らしていた。ただし、母親はいつも深夜近くには帰っていたのだ。それは母親が少女の面倒を見ていたことを示している。だが今日に限って帰ってこない。その異常に少女は恐怖した。

――となると、母親の失踪には、なにか理由があることになる。

亜坂は土橋に携帯電話で連絡した。

「現場は空き家のようです。ここには母親の人となりを示す物は残されていません。私は市役所の出先機関で住民票を調べます。免許の方を頼んでいいですか」

「進め方は分かるな」

亜坂は肯定すると電話を切り、家を出た。そして、その足で近隣の出張所へ向かった。個人情報の入手には本来、依頼書が必要だが、手続きを後回しにする方便がある。亜坂は警察手帳を提示して住民票を調べてもらった。しかし、辻あいりに相当するものはなかった。

「ニゴリ、免許は取得していない」

折り返し土橋から連絡が入った。雲をつかむようだった。確かに少女と母親はあの家で暮らしていたはずだ。だが、その二人が何者なのか社会的な痕跡はない。偶然ではないだろう。あえてそうしていたとしか思えない。少女の母親はなんらかの理由で自身の身元を隠していたのだ。

空き家から自宅へと道をたどりながら、亜坂は考えた。どうすれば、あの少女と母親の素性が分かるだろうか。母親の行方をしるには本人が何者であるかをしり、それをもとに勤め先や生活の様子を探り、空き家で暮らしていた経緯を紐解《ひもと》かなければならない。しかし相手は、まるで幽霊のようなのだ。

——そもそも二人は、どうやってあの空き家にたどりついたのか。

そこまで考えたとき、亜坂の携帯電話が鳴った。路上で立ち止まり、ディスプレイの番号を確かめた。土橋からかと思ったが、違った。亜坂は携帯を耳に当てた。聞き慣れた声が届いた。

「ぼんぼん、残念だな。休みは返上だ」

電話の相手は垣内だった。

「殺しがあったとさ。現場はお前の家の近辺。被害者《ガイシャ》は女だ。まだ若いと聞いている。所轄は急行を命じられてる。追って本庁も加わるそうだ」

向かう先を確認し、亜坂は電話を切った。嫌な予感が脳裏をよぎった。殺しの現場は、あとにしてきた空き家のすぐ近く。道なりにある雑木林の中だという。

――いなくなった少女の母親だろうか。だとしたら、この殺害は一連の事件と関係があるのか。

しばらく考え、亜坂は腕時計を確かめた。午前十一時過ぎだった。土橋の携帯電話の番号を亜坂はプッシュした。


鑑識捜査がすむまでは何人《なんびと》も現場に立ち入ることができない。鑑識員がうなずくまで現場はピンセットとルーペの聖域だ。目的の雑木林で捜査官たちがくるのを待つ間、亜坂は周辺を少し歩いてみた。坂の手前まで戻り、右に折れて、先ほどの家に続く道の途中へと足を進める。

被害者が雑木林で襲われたならば、この道を進んでいたことになる。いつきの話では、母親は夕方に仕事に出かけ、深夜近くに帰ってくるということだった。辻あいりが被害者ならば、犯行は仕事にいくときか、帰宅時のどちらかだ。

現場は雑木林で、防犯カメラは設置されていなかった。林が途切れた辺りには、フェンスやブロック塀で囲われた、広めの敷地の家屋が並んでいる。だが道を往復してみても、どの家にも防犯カメラは見当たらなかった。被害者の姿も犯人も記録された可能性はない。

相手の周到さに亜坂は舌打ちした。おそらく犯人は、自身の姿をとらえられない場所を事前に下調べして犯行に及んだのだろう。雑木林に戻ると所轄のパトカーが到着し、ほぼ同時に土橋が現れた。鑑識がさっそく規制線の黄色いテープを張り、現場を確保する。待機しながら亜坂は土橋に視線をやった。

「いつきちゃんは寝てる。よほど疲れていたんだろう。軟膏で痒《かゆ》みを止めてやり、理沙ちゃんが帰ってきたら一緒に遊べるから、待っているように言い含めておいた。しばらくは大丈夫だ」

「嫌な展開ですね。いなくなった母親。一方で、人目に付かない場所で殺されていた若い女」

「まだ同一人物かは確定できていないんだろ。望みはあるさ」

土橋はそう告げたが、亜坂には気休めに過ぎない気がしていた。状況として辻褄《つじつま》が合いすぎているからだ。すぐに本庁の車が現場に到着した。鑑識の岸本が降りてくる。

土橋がすでに現場にいることに、一瞬、驚いた様子だったが、なにもいわずに規制線の中へと姿を消す。今の視線は二人がいることへのものだ。分かっているはずだ。亜坂はそう予測し、しばらく待った。期待していたように岸本が二人の元へ戻ってきた。

「被害者は頭部を鈍器で二度、殴られています。最初は意識を失わせるため、次はとどめを刺すためでしょう。明らかに計画的な犯行ですね。ただし凶器は見当たりません」

「被害者の身元は？」

亜坂は思わず尋ねていた。

「なにもないよ。バッグが残されているけど、携帯電話は所持していない。免許証も」

「となると、俺たちの調べている女の可能性があるな」

「何ですか、それは？」

岸本の質問に土橋は経緯を改めて告げた。

「母子家庭の親子が、隠れるようにこの近くの空き家に暮らしていたようなんだ」

「それでハシゲンさんに招集が？　随分、早い到着みたいでしたが」

「俺に招集はかかってないさ。ニゴリは別だが。ちょっと曖昧なんだ。殺しが起こるとは思わなかった」

土橋が首を振りながら続けた。

「この辺りで奇妙な事件が続いていたんだ。それを追っているうちにこうなった」

「奇妙な事件？」

「岸本、これはまだ内密にしておいてもらいたい。いずれ捜査本部が立つだろうが、雲をつかむような話なんだ。この殺害と関連があるかどうかも分からない。もう少しはっきりしなければ、捜査が混乱するだろう。だから俺たちがこれに関わった経緯は直接、モイチさんに話す。それより頼まれてくれないか」

土橋は捜査の混乱を根拠に、一連の展開を内密にしておくように岸本に頼んだ。しかしそれには理由があると亜坂には理解できた。すでに事件に手を染めている土橋が、そのまま放置するはずがない。犯人を追う猟犬の血が騒いでいるのだ。

土橋はまだ、中上茂一《もいち》管理官からデスクワークで過ごすように指示されている身だ。今までの展開を表立って報告されれば、お役御免でくすぶることになる。毎朝、新聞を眺め、書類を仕上げるだけの仕事に土橋が飽き飽きしているのは明白だ。だから土橋は一連の事件で得た内容を捜査復帰への足がかりにしたいのだ。つまり、つかんだ内容を小出しにするということだ。

「ニゴリ、空き家の位置を岸本に教えてやってくれ。そこの鑑識捜査が必要だ」

土橋の言葉に、亜坂は先ほど訪れた家の位置を岸本に伝えた。裏から簡単に入れることも言い添えた。

「分かりました。後ほど下の者をその空き家の鑑識作業に回すように手配します」

土橋の頼みを了承した岸本は、部下である吉成《よしなり》の名を告げた。そして言葉を切ると土橋を見つめた。

「ハシゲンさん。長い付き合いですからいいますが、くれぐれも無理はしないでくださいよ。一課の鬼がまた倒れると、事ですから」

岸本も同じ思いだったらしい。言葉の後に視線を亜坂に向けた。

事件の匂いを嗅ぎつけた土橋は止めても無駄だ。縛り付けておく以外は。だから一歩ゆずるしかない。

――ちゃんとお守《も》り役になれ。

今の言葉と視線は岸本のそんな意図を含んでいた。

「それで、ハシゲンさんがつかんでいる奇妙な点とは？　鑑識捜査に関係するかもしれませんから、聞かせてください」

「最初はウサギの盗難だ。そこに〈先生〉。次に放火、そっちは〈ねぼすけ〉。最後は計画的な爆発だ。現場には〈おこりんぼ〉と言葉が残されていた」

土橋の説明を聞いた岸本はしばらく黙り、おもむろに口を開いた。

「だとしたら、ハシゲンさんは正しいようですね。殺された女の下腹部にも文字が刻まれていました」

「なんて書き残していたんだ？」

「てれすけ」

五

K署の講堂に捜査本部が立てられたのは、六日の午後を過ぎてからだった。パイプ椅子には所轄の捜査員、鑑識係を始め、本庁の一課の刑事、鑑識員が詰めていた。すぐに中上管理官とK署の署長である香坂《こうさか》などのトップ陣が講堂に登場した。中上は捜査員を見渡し、亜坂のところで視線を止めた。

視線の先、亜坂の右の椅子には土橋が座っている。当然だが、土橋は招集をかけられてはいない。それがどうして捜査本部にいるのか、いぶかったらしい。トップ陣はしばらく話し合っている。やがて中上管理官が額を掻《か》くと、手にしていた紙片になにかを書き込んだ。

「捜査会議を始める」

端的な言葉で会議が始まった。

「まず鑑識報告を頼む」

中上に指された岸本が椅子から立ち上がった。

「現場の報告から始めます。被害者は二十代の女性。遺体の様子から、死亡推定時刻は昨日の深夜前後と考えられます」

岸本の言葉とともに、被害者がプロジェクターによって講堂前面のスクリーンに映された。目を閉じているが、それでも若く、美しい顔だった。どことなくいつきと似ていなくもない。

「女性に妊娠線があることから、出産の経験があるようです。死因は脳挫傷。頭部の前後を二度にわたって鈍器で殴打されています。遺体発見現場のすぐ近くの道路に微量の血痕が残され、そこから遺体を引きずったらしい跡がみとめられました。凶器は発見されておりません」

被害者はまず道路で一撃を加えられ、意識が朦朧《もうろう》としたところを雑木林の中へ連れ込まれ、とどめを刺された。

「遺体の後頭部に火傷《やけど》らしい痕跡がありました。数センチの範囲で頭髪が脱毛しています。しかし傷跡は古く、死亡当時ではなく数年前に生じたものと思われます」

遺体の後頭部がアップで映された。クッキーを思わせるサイズの禿《は》げがアップになる。地肌には焼けただれた様子が見て取れた。つまり死んだ女は、過去に事故か人為かによって火傷を負い、その部分に髪が生えなくなったことになる。

後ろ髪で隠せる部分とはいえ、若い女が禿部《とくぶ》をそのまま放置しておくのが疑問だった。治療する余裕がなかったのか、あるいは別の理由があったのだろうか。

「被害者の着衣に特別な損傷はなく、体内からも性交の痕跡は発見されませんでした」

岸本の言葉は、性的な目的による犯行ではなかったことを示している。となると、犯人の意図は別にあるはずだと亜坂は理解した。

「現場に残されていた指紋ですが、被害者本人のものを含め、潜在指紋を改めていますが、現時点では前科者リストに該当するものは見当たりません」

被害者は辻あいりだろうか。徐々にそちらへと条件が絞られている気がする。

「次に遺留物ですが、こちらははかばかしくありません。被害者が持っていたハンドバッグが唯一の遺留物ですが、中にあったのは財布と化粧ポーチのみです。ポーチには簡単な化粧道具だけ。財布には五千円ほどの現金が残されていましたが、銀行やクレジットカードは見当たりません。免許証その他の身分証明書も同様です。ただ、バッグからは幼児のものと思われる指紋が検出されています」

またひとつ、いつきとの関係が浮上したように思えた。亜坂の脳裏で嫌な予感が濃くなった。

辻あいりは隠れるように暮らしていた。となると、銀行口座やクレジットカードの利用は避けただろう。むろん盗まれた可能性も捨てきれないが、物取りの犯行ならば現金を残していくことが解せない。

おそらく辻あいりは身元を隠すため、銀行口座もクレジットカードも作らず、生活に必要となる品々はすべて現金で決済していたのだろう。

殺害が性的な目的ではなく、強盗によるものでもないとなると、残されるのは怨恨《えんこん》、あるいは無差別殺人となる。いずれにせよ、報告は殺害された女の身元の特定が難しいことを示している。

被害者は誰か。最悪の場合は顔写真、あるいは遺留品であるハンドバッグを示して、いつきから裏を取ることはできる。しかしそれは、現時点ではあまりに酷なように思えた。つらい思いをさせずに、被害者の身元を特定する方法はないだろうか。

「被害者の財布に数枚のレシートが残されていました。数日前のもので、近くのコンビニエンスストアを利用していたことが把握できています」

岸本が続けた店名で、亜坂は若者たちがたむろしていた店であると理解した。つまり被害者は、あのコンビニエンスストアを利用していたのだ。亜坂の脳裏に若者たちが告げた宇都宮ナンバーの車と、それに乗っていた男のことがかすめた。

「現場にはいくつかの下足痕が残されていました。その中で比較的新しく、遺体周辺で数が多かったのがこれです」

岸本の言葉を受けて、プロジェクターに写真撮影された下足痕が映された。細かい波目のある平たいものだった。

「科捜研に詳しい調べを依頼していますが、現在の鑑識結果によるとサイズは二十五・

五。波目の形状からラバー底のスポーツシューズと判断できます。同様の形状が大手のスポーツメーカーのブランドにあり、相当数出回っているものとなります」

そこで岸本がプロジェクターを操作する係員に指で指示を出した。写真が切り替わり、画面に白紙の上で撮影された繊維が映し出された。

「遺体の着衣の側面に、数本の繊維が付着していました。こちらも科捜研に特定を依頼していますが、現時点で毛織物であることが判明しています」

映し出されている繊維は、いずれも黒く、細い。かすかに縮れ、均質ではない。可能性としては、犯人の衣類である可能性が高いと亜坂は感じた。

「繊維は獣毛、ウールです。つまり黒く染色された羊のもののようです。これらの遺留物及び被害者のＤＮＡは、すべて科捜研へ回っています。鑑識捜査の報告は以上ですが、最後に遺体に残されていた傷について補足します」

プロジェクターの画面が切り替わり、被害者の腹部をアップでとらえた写真となった。短いスカートがめくれ、下着が太腿《ふともも》までずらされている。露出した恥丘のすぐ上に傷跡がうかがえ、皮膚に血がにじんでいる。

「断定はできませんが、文字と考えられます。鑑識では、〈てれすけ〉と判読しました。生活反応がうかがえる点から犯行直前、あるいは直後のものらしく、傷跡の鮮明さから鋭利なもので刻まれたようです」

岸本は報告を終えて着席した。犯人は被害者を殺害し、一連の事件と同じように言葉を残した。遺体そのものに。

――おそらく襲撃直後だろう。

亜坂はそう推理した。意識が昏迷《こんめい》する前の行為なら、何らかの抵抗があったはずだ。しかし鑑識の報告では、被害者が抵抗した痕跡が告げられていない。つまり一撃で意識を失わせ、とどめを刺す直前か後かに文字は刻まれたのだ。

文字の意図について岸本はなにも述べなかった。これがなにを意味するか、メッセージであるかどうかは保留されている。

「次に捜査班。発見の経緯を教えてくれ」

中上の言葉に、垣内が立ち上がった。事件の一報を受けて、すでに聞き込みを終えていたらしい。垣内は管轄署の刑事である旨を告げると報告を始めた。

「遺体の発見者は近隣の住人です。菊池《きくち》敬一《けいいち》、七十歳。会社勤めを終え、年金生活をしている男性です。妻と二人暮らしで、子供は都心に住居を構えています」

この辺りに多い、典型的な旧住宅街の住人だ。

「発見者は、日課として、昼前に飼い犬の散歩をしているそうなのですが、本日も同様に近隣を回っていたところ、現場の雑木林で犬が激しく吠《ほ》え始め、導かれるように中に入ると遺体があったといっています」

「ホシの線は？」

中上の声に垣内が答えた。

「本人は、被害者とは顔見知りではないといっています。履いていたサンダルも、現場の下足痕とは一致していません。犯行時に別の靴であった可能性もありますが、昨晩の死亡推定時刻は知人と駅前で酒を飲んでおり、これは裏が取れています。内容が確かな様子から、ホシである可能性は薄いようです」

第一発見者は容疑者である可能性が高い。しかし垣内の調べは明快で、正否を判断する材料はきちんと聞き込んであった。岸本と垣内の情報から、事件はまだ一人の女性が殺害されたと判明しているだけだ。被害者が誰か、犯人が誰か、どのような経緯かはまったく不明だった。

「以上が現時点での捜査情報となる」

中上が告げた。捜査会議はほどなく終わるだろう。夕方まで捜査を続行し、その後、理沙を保育園から連れ帰るゆとりはある。問題は家にいるいつきをどうするかだ。

「まだまだ不明な点が多い。従って以下の三点を優先した捜査方針とする」

前置きした中上は、紙片を手にすると捜査陣を一瞥《いちべつ》した。

「まず犯行時刻前後の聞き込みだ。不審者、不審車両などを洗い出してくれ。K署と本庁の捜査員をつぎ込む。防犯カメラ、Nシステムの記録も当たってくれ。人員は以下」

中上が紙片を眺めながら氏名を告げる。

「次に被害者の身元特定だ。こちらも以下のメンバーで調べを進めてくれ」

再び人員の氏名が告げられた。まだ亜坂も土橋も呼ばれていない。

「最後が遺留物の割り出し。次の人間はそちらの捜査に回ることとなる」

中上はメンバーを告げ、紙片から顔を上げた。そこでも二人の名があがることはなかった。横に座る土橋がにやりと口元を緩めた。

「次の捜査会議は明朝八時とする。それでは捜査に入ってくれ」

レースの始まりを告げる鐘が鳴ったようなものだ。あるいはテーマタイムの始まりか。ドラマの主題歌が終わり、タイトルがクローズアップされている。身元不明女性殺害事件と。

捜査員はパイプ椅子からてんでに腰を上げていく。土橋も立ち上がった。そして講堂のひな壇に構える中上管理官の方へと歩み始めた。亜坂も続いた。

「で、どういうことなんだ?」

土橋よりも先に、中上が口を開いた。

「リハビリですよ。少し体を動かしていたらこうなったんです」

「歩いていたら、死体につまずいたとでもいうのか」

「そこなんですがね。どうも象を撫《な》でてるみたいでしてね」

——象を撫でる？

奇妙な言い回しに亜坂の理解は及ばなかった。しかし中上は小さくうなずくと、土橋に尋ねた。

「味は？」

「似ていますね。だからリハビリを続けたいんですよ。ただし走り込みではなく、キャッチャーを座らせた投げ込みですが」

土橋は年齢にふさわしくプロ野球のファンだ。

「村田兆治《むらたちょうじ》投手は不死鳥のように復活したでしょ。私も続きたいと思いましてね」

土橋は贔屓《ひいき》である、かつてのロッテの名投手の名をあげた。

「ゲンさん」

中上は溜息《ためいき》を吐《つ》いた。しばらく考えて続く言葉を探る。

「なにをつかんでるんだ」

中上の言葉は、土橋が捜査に加わることへの否定ではなく、経緯について向けられた。長年の部下の性格を把握している様子だった。横に座る香坂署長を中上は見やった。香坂も中上同様に渋面を作っている。

香坂も中上も互いをよくしり、そして土橋のことも把握している。三人ともに捜査一課の叩《たた》き上げ組であり、連綿と続いてきたノンキャリアの系譜に位置している。頑固な点では似たり寄ったりだ。

ノンキャリアにとって、捜査の第一線は仕事そのものだ。そこに加われないことは窓際に追いやられたことを意味する。叩き上げにとって愉快な話ではないのだ。

「そもそもは、こいつが一課にＳＯＳを出しにきたんですよ。貨物船のネズミみたいに。なんだかよく分からないが、嵐がきそうだって」

土橋が亜坂に視線を送ってきた。その視線に中上が亜坂を見やった。説明を求められていることを理解した亜坂は、口を開いた。

「奇妙な事件が管轄内で続いているんです。最初は小学校のウサギの盗難でした。続いてゴミ屋敷への放火。二日前が下水道での爆発事件」

「そして今回の殺しなんだな。味は？」

中上が尋ねた。質問の意図が理解できず、亜坂は土橋に目を戻した。土橋が答えた。

「小学校には〈先生〉、放火現場には〈ねぼすけ〉、爆発現場には〈おこりんぼ〉と書き残されていました」

「遺体には〈てれすけ〉か」

「それぞればらばらの事件で、言葉も違います。なにがいいたいのかも不明。あるいはひとつひとつ犯人が別なのかもしれない」

「ただ、どれも同一地域で起こり、落書きを残している。そこがひっかかるんだな」

「となれば、同一人物の犯行とも考えられます。つまり、落書きはなんらかのメッセージだとしてもおかしくない」

「確実ではないが、似ているわけか。確かに象だな」

「それだけでなく、同一人物によるものならば、犯行は徐々にエスカレートしていることになるんですよ」

「サイコロか」

「ええ、ゴールへ向かう双六《すごろく》」

亜坂はやり取りの詳細が理解できなかったが、会話の意図は推測できた。嵐を予感しているのは土橋の方だ。一連の事件に危険を察知している。確かに小学校から始まった事件が同一犯によるものなら、その様相はエスカレートしている。

つまり土橋は、今回の殺害事件はまだ途上であり、犯行は続くと考えているのだ。それを未然に防ぐ必要があると述べている。中上はしばらく黙り、香坂に視線をやった。

香坂は苦い顔で口を開いた。

「土橋君。私は医者ではないから詳しいことはいえない。ただ、君の現状はしっているんだ」

温厚な署長ならではの口調だった。

「君の体はまだ完全ではない。病気はできれば避けたいものだが、それでもためになる面がある。一度も病気をしたことがない者は、自己を充分にしっているとはいえないそうだ」

「ゲーテですか」

とぼけたように土橋は香坂に尋ねた。香坂は溜息をつき、苦笑いを浮かべた。

「ロマン・ロラン」

亜坂は二人のやり取りに意外な思いがしていた。叩き上げのノンキャリアの会話に思えない。土橋がときおり、蘊蓄《うんちく》に富んだことを口にするのは、あるいは先輩である香坂の影響なのか。

「約束してもらいたい。絶対に走らないと。これは決して比喩じゃない。実際に体を無理に動かすなということだ。私は今まで君と同じような仲間を目にしてきた。そして彼らは捜査の大詰めで、制止を振り切って走った。そのために刑事生命を棒に振った」

前回の事件で、土橋は連日の激務にかかわらず、奥多摩の吊り橋で走った。その無理が引き金となって、リハビリ状態になったのだ。香坂は丁寧な口調だったが、意味するところは厳しく、確かな経験を土橋に伝えているのが理解できた。土橋は頰を掻くと目を伏せた。不意に土橋が子供のように思えた。教室で先生を前に、静かにたしなめられている生徒。

香坂は捜査一課時代、土橋の先輩であり、刑事のイロハを叩き込んだ師でもある。前回の誘拐事件で、土橋がいかに香坂を尊敬し、その捜査方法に心酔していたかを亜坂は肌でしっている。師はいつになっても師だ。塩をふられた青菜のような土橋の様子に、香坂は視線を亜坂に送ってきた。

「亜坂巡査、アップルパイと一緒に、こいつの世話を焼いてやれ」

捜査の許可は与えるという意味だ。ただし岸本の意図と同様に、ちゃんとお守《も》りをしろと。むろん、そのつもりだ。土橋からもっといろいろなことを学びたい。亜坂は小さくうなずいた。ただ疑問が湧いた。土橋はいつの間に、アップルパイの話を香坂にしていたのだろう。

「双六はどこまで進んでいるんだ?」

二人の会話を聞いていた中上が尋ねた。

「雑木林で死んでいた身元不明の女性は、なんらかの理由で近隣の空き家に暮らしていた人物らしいんですよ。そっちの鑑識捜査を打診しました」

中上と香坂が顔を見合わせた。

「鑑識の結果が出れば、真偽が確かめられると思います」

「象の次は隠密《おんみつ》捜査か」

中上が揶揄《やゆ》した。それを受け流して土橋が続けた。

「我々は遊軍捜査と考えていいのですね」

「そう望んでいるんだろう？　まだ象を撫でただけだから。だからここでこうして捜査員には分からないように話しているんだろうが」

中上が告げた。

「被害者がいた空き家を調べれば、なにか出てくるかもしれません。それを追わせてください」

「象の住んでいた家か」

中上はつぶやき、うなずいた。

「香坂さんのいうように、絶対に走るなよ。それと、つかんだ情報はすべて報告しろ」

「もちろんですよ」

土橋が小さく笑った。腹の内は別だと亜坂は理解していた。


署を出ると亜坂は土橋を車に乗せ、空き家へ向けて走らせた。

「ニゴリ、空き家の調べが終わったら一旦、お前の家に戻ろう。いつきちゃんも不安に思ってるだろう。だが被害者に関してはまだ伝えない方がいい。はっきりしてからだ」

土橋は亜坂と同じ思いらしい。

「仮にいつきちゃんの母親だったとしたら、児童養護施設に頼むことになるんでしょうかね」

一瞬、伯母《おば》の昌子の顔が浮かんだ。しかし捜査はいつ終わるか分からない。理沙のお守りを頼むのとはわけが違う。

被害者がいつきの母親あいりだとすれば、いつまでもいつきを自身の家で預かっておくわけにはいかない。公的な保護者ではないし、こちらは捜査に入る。一人でずっと留守番をさせているわけにもいかないのだ。それに犯人の動機が不明だ。いつきの身に危険が及ぶ可能性も考えられる。誰かの監視下に置くしかないだろう。

「土橋さん。先ほどの象を撫でるってのは、なんのことですか」

亜坂はこれからの手はずを脳裏に描きつつ、土橋に尋ねた。

「あれは捜査一課に伝わる言い回しだ。群盲、象を撫でるって格言をしってるだろ」

「盲人がそれぞれ、象に対して異なる感想を述べるやつですね」

「差別的だなんていうなよ。この盲人たちは刑事なんだ。不可解な事件に出会った捜査員そのものさ」

土橋は前置きすると続けた。

「耳を撫でた奴《やつ》は、象は大きな団扇《うちわ》みたいだという。足を撫でた奴は、巨大な柱そっくりだという。鼻を撫でたのは、大蛇に違いないと。それぞれ意見がばらばらだ。分かるだろ？」

「今回の事件と同じですね」

「象の言い回しは、当たりのつかない事件に関して大先輩の誰かが言い始めて、以来、ずっと我々に伝わってる。今みたいに見えない部分があり、出来事がどれもちぐはぐな状態に思える状況を指してな。だが彼らは刑事だ。だから続きがあるんだ。だったらどうするかについて」

「どうするんですか」

「盲人たちはそれぞれ意見が食い違うことから、象を舐《な》めるんだ」

「象を舐める？」

「すると味は同じだった」

「よく見えない部分があり、それがどれもちぐはぐでも、全員が象を舐めると同じ味だったんですね」

「一見ばらばらに見えるが、同じ味がする事件ってことだ。事件にはそれぞれ味があるんだ」

「味、ですか」

「そうだ。同じ木になっているリンゴでも、甘かったり、酸っぱかったりするだろ」

土橋の言葉を聞き、亜坂は納得した。料理も同じだ。焼いたアップルパイがいつも同じ味とは限らない。

「ゲーテっておっしゃいましたね。あれは」

土橋は声に出して笑った。

「困ったことは一課じゃ、なんでもゲーテなんだ。誰でもいいんだよ。キルケゴールでもサルトルでも。要するに問題だということなんだ」

つまりこの歳《とし》になっても、また怒られたと土橋は告げていることになる。

「事件が解決したら、パイはたくさん焼いておいた方がいいですかね」

土橋は再び噴き出した。

「ニゴリ、誰にもいうなよ。香坂さんはやっぱり怖いよな」

空き家に着くと、敷地にはすでに黄色い規制線が巡らされていた。吉成らの仕事らしい。亜坂は土橋とともに、再び裏手から勝手口へと向かった。手袋と靴カバーをすると、薄暗い台所に入る。中では鑑識員が作業を続けていた。

「ハシゲンさん、出ましたよ」

亜坂と土橋に気付いた吉成が顔を上げると告げた。

「布団があった奥の部屋と、この台所から指紋が見つかりました」

「一致したのか」

「ええ。ここに残されていた指紋が被害者のものと一致しています。また彼女のバッグにあった幼児の指紋もここに残されています」

「いつきちゃんのものということか」

土橋は苦い顔をした。やはり母親と少女はこの空き家で暮らしていたのだ。そして殺害されたのは母親の辻あいり。科学的にそれが立証されたことになる。亜坂の不安は的中していた。

「子供の指紋は後でまた確認してもらうことになる。他になにか手がかりになりそうなものは見つかったか」

吉成は首を振った。

「かんばしくないですね。ここで暮らしていたのは母子《おやこ》二人とのことですが、この台所と布団が敷いてある部屋以外は使用していなかったようです。二人の指紋はその二つの部屋からしか検出されていません」

「遺留物は？」

「ここには煮炊きに使ったカセットコンロと食器、ポリ袋に溜《た》まったゴミだけですね。身元を特定できるものはありません」

吉成の言葉に亜坂はうなずいた。先ほど調べた段階でも、手がかりとなるものはひとつも見当たらなかった。事件を紐解《ひもと》くにはなにより被害者、辻あいりの身元が重要だ。しかし、そのとっかかりを得るとしても、この家から糸口が見つかるとは思えなかった。

「あとは洗面所と風呂場を使った形跡があります。歯ブラシと歯磨き粉、タオルが残されていて、風呂桶《おけ》が湿っていました。ここは水道が止められていますが、そこにある水を使って洗面したり、体を拭いていたようですね」

吉成は流しにあるペットボトルを指さした。水回りの調べはしていなかった。今の吉成の言葉によると、母子は寒くなる前は水風呂にでも入っていたらしい。むろん近隣に怪しまれないように水音を殺して。

だが、ペットボトルで運べる水の量はしれている。コンロで沸かすにしても、ボンベを買う必要がある。夜の勤めがあるあいりは風呂に入る必要があっただろうが、いつきは別だ。金を節約するために、寒くなってからは風呂を控えていたのだろう。だからシラミに嚙《か》まれたのだ。

「暗いな。別の部屋を調べてみたいんだが、雨戸を開けてもいいか」

「ええ、おおよその調べは終わっています。できるだけ現状を保存していただけるなら結構ですよ」

吉成の言葉に、土橋は台所を出て廊下を歩いていった。先ほど亜坂が入った八畳間が一番近い部屋だ。それを覗《のぞ》いた土橋は続く部屋へと向かう。板張りの廊下は二人が歩くたびに軋《きし》みを立てた。

「築四、五十年といったところか」

土橋は亜坂が先ほど感じたのと同様の感想を述べた。平屋の家屋は台所を出た十畳の居間、布団が敷いてある八畳間、その向かいにトイレと風呂場、奥に六畳。玄関の右手に廊下をはさんで二つの部屋。合計４ＬＤＫの間取りになっている。

　土橋はすべての部屋を改めていく。居間も奥の六畳も吉成の言葉通り、最近、誰かが使用していた痕跡は皆無だった。残るのは玄関右手の二つの部屋だ。どちらも六畳の和室で、生活臭は見受けられなかった。しかし土橋は最後の部屋に入ると、しばらく辺りに目を配り、雨戸を開いた。

　秋口の日の光が流れ込み、部屋を照らした。明るくなった部屋は今までの部屋に比べて、あちこちに傷が目立った。壁には低い位置に日に焼けていない筋が見受けられる。土橋がそれを指さした。高さは亜坂の膝下ぐらい、床から二十センチほどだ。

「分かるか。これとあっちと。どっちも古いものだ」

　続けて土橋が指さしたのは反対側の壁だった。そこにも退色していない筋があった。今度の高さは亜坂の太腿の付け根ぐらいだった。しかしその痕跡がなにを示すかまでは亜坂には理解が及ばず、ただ首を振った。

「おそらくベッドと机だ。ふつう家具を置くときには壁際に設置するよな。だから壁には日に焼けない跡が残る。これはここで暮らしていた人間の名残りだ。そしてこの部屋を使っていた人間は和室なのに、あえてベッドで寝ていた。なぜだと思う？」

「快適だったからですか？　あるいはいちいち布団を上げ下げするのが面倒だった。体の事情でそうしていたケースも考えられますが」

亜坂は家屋の古さから、介護が必要な老人を脳裏に浮かべて答えていた。

「いや、この痕跡はかなり古い。家が建てられた時期とそう変わらないだろう。それに机を思わせる筋は普通より少し低い。つまり年寄りが残したものではない。あっちのは学習机だろう」

そう告げた土橋は、最初に指さした筋、ベッドと指摘した部分にかがみ込んだ。そして小さく笑いを漏らした。

「ニゴリ、桃太郎はしっているよな」

振り返った土橋が尋ねてくる。亜坂はうなずいた。

「桃太郎の話がどんなだったかいってみろ」

昨年の捜査のときと同様の質問だった。亜坂はそれを口にした。

「昔々、あるところにお爺《じい》さんとお婆《ばあ》さんがいました」

「昔々っていつなんだ。あるところってどこだ?」

土橋の質問に亜坂は黙った。今のは昔話の常套句《じょうとうく》だ。お話の始まりを告げるだけ。具体的な場所や時代を聞いたことはなかった。

「落語にも同じ題のものがある。桃太郎って噺《はなし》は、子供を寝かしつけようとする親に、ひねくれた子供が今みたいに尋ねるんだ。これを見てみろ」

ベッドの痕跡がある壁を土橋が指さした。そこに鉛筆でなにかが記されていた。落書きらしい。しかし今までの一連の事件で見たものよりはずっと古い。犯人のものではないだろう。小さな線が三本ある。真ん中が直線、左右が曲線で噴水のような模様だ。その下にいびつな魚のような輪郭線。

「これがなにか分かるか」

土橋の質問に思いつくものはなかった。

「だろうな。これだけでピンとくるには、ニゴリ、お前は若い。しかし俺の世代にはこれほど馴染《なじ》みのあるものはなかった」

そこまで告げると土橋は壁から視線を外し、雨戸の外を眺めた。そしてつぶやいた。

「昔々、あるところにお爺さんとお婆さんがおりました。どこにだ？　ここさ」

亜坂は土橋が伝えようとしていることを、ようやく理解し始めた。

「そして二人には桃太郎がいたんですね」

土橋はうなずいた。

「さっき車で話したよな。ヤドカリが殻だけ残していったと。ヤドカリは次の殻を選ぶときに、ハサミで自分の体にふさわしいサイズかどうか測ると聞いたことがある」

「そのハサミがこの落書きですか」

「ハサミでもあり、テレビでもある」

土橋は再び鉛筆による落書きを指さした。

「ここはおそらく子供部屋だ。四、五十年前にこの部屋で暮らしていた子供がいたんだ。部屋に傷が多いことがそれを裏付けている。となると、その子供は俺と同じ年齢、生きていれば現在、五十代の男だろう」

「どうしてそこまで分かるのですか」

「俺も同じだったからだ。俺の実家は和室ばかりだった。だがな、自分の部屋をあてがわれたとき、俺は布団じゃなく、ベッドで寝ることに憧れたもんだ。きっとテレビの影響だろう」

「テレビとベッド？」

土橋は微笑《ほほえ》んだ。

「さすがに推理は及ばんだろうな。ルーシー・ショーやしゃべる馬のエドといったって、お前の歳じゃ見たことがないだろうからな。だけど俺たちは、あのアメリカ産のホームドラマを見て、ベッドに寝る生活に憧れたんだ」

「それが落書きと、どう関係するのですか？」

「アニメだよ。国産の。アメリカ産のホームドラマは休みの昼間に放映していた。海賊に扮《ふん》したエロール・フリンの映画も。あいつはフェンシングが強かったな。そして夜の七時からは子供向けのアニメだ。みんな見ていた。この落書きはお化けを主人公にした国民的人気だったやつだ。そしてみんな、そのお化けの似顔絵を描いたもんだ。だがこの子供はあまり絵が上手《うま》くなかったみたいだな。三本の毛と体の輪郭だけであきらめたようだ」

「男の子と断定できるのは？」

「女の子はお母さんに怒られると分かっていることをわざわざしないよ。小さい頃から女は自分で責任を負わないように振る舞うからな。おれの姉さんがそうだった」

亜坂は土橋の言葉を理解した。そして先ほど、この家を出たときに頭に浮かんだ内容を思い出していた。

そもそもどうやって二人はこの空き家にたどりついたのか――。

土橋も同様のことを考えていたのだ。しかし亜坂は象に触れただけだ。一方、土橋はここで象を舐めた。二人の身元を示す物はない。ではどうするかと。そして答をつかんだのだ。

「一旦、戻るんですね。そしていつきちゃんの預け先を探し、それから法務局に向かう。この家が、誰の物か調べるために」

土橋はうなずいた。

「ここはお化けが暮らしていた家だ。しかし足があったようだな。あのアニメと同じようにここの住所番地は分かるな？」

やはり現場は池だ。土橋のいうことに嘘《うそ》はないと亜坂は実感していた。

マンションに戻るといつきはまだリビングのソファで眠っていた。時刻は午後三時を過ぎている。土橋は眠っていたいつきをやさしく起こすと、両手の指のすべての指紋を朱肉で採取した。

亜坂はそれを自宅のファクスで鑑識に送り、次いで署に電話を入れ、いつきを預けられる場所について相談した。結果、生活安全担当に保護してもらう手配を進めてもらうことにした。

「この近くに昔からの教会があります。そこがこの地域の児童養護施設も兼ねているそうです」

土橋に語りながら亜坂は、身近にそんな教会があることを初めてしった。単なる住宅街と思っていたが、古くから続く側面もあるらしい。

教会は地図で調べると、だらりとした坂を上がったところにあるコンビニのさらに先、亜坂のマンションから一キロほどの位置だった。車ならすぐだ。土橋はソファに座るいつきに話しかけた。

「いつきちゃん、お母さんが帰ってくるまで、あるところで待っててくれませんか」

「お家は？」

土橋は首を振った。いつきはそれ以上、尋ねなかった。今までいた家には戻れないと分かったのだろう。空き家で待つことが独りぼっちになるのだということを理解したようだ。

「この先に教会があります」

「チャプレンのところ?」

「しってましたか?」

意外な言葉に土橋は聞き直した。

「お母さんと晩ご飯を食べに行く。タダなの」

「よくいくのですか?」

「いつも水曜日にいくの」

いつきと母親は教会が奉仕する食事を目的に通っていたのだ。二人の暮らしぶりが推し量れる言葉だった。ただ、亜坂は疑問だった。教会に親しんでいたなら、なぜ最初から助けを求めにいかなかったのだろう。

「チャプレンのこと、好きじゃないのですか。怒られる?」

土橋も同様の考えだったらしい。質問に、いつきはしばらく考えた。

「怒らないけど……。でもなんだか怖い」

つたない返答だったが、なんとなく把握できた。教会にせよ、神社仏閣にせよ、宗教施設というのは一般社会とは一線を画した場所だ。死と隣り合わせで人間の原始的な恐怖を意識させる。そのシンボルがいつきにとっては神父なのだろう。

「大丈夫ですよ。おじちゃんたちが毎日、会いに行きますからね」

土橋の言葉にいつきはうなずいた。硬い表情には母親と離れてしまった不安がうかがえたが、うなずきにはとりあえず大人二人が守ってくれるらしいと安堵《あんど》している様子もあった。星の柄のポシェットを大事そうに肩から斜めに提げると、ソファから立ち上がった。土橋がその仕草に告げた。

「ちょっと、おじちゃんにそれを見せてくれますか」

しばらくためらっていたが、いつきはポシェットを差し出した。土橋は中身を改めた。ティッシュ、子供用のハンカチ。折り紙のように丁寧に作られた紙包みだけだった。小さな紙包みの重さを確かめた土橋が尋ねた。

「開けてもいいですか?」

うなずいたいつきに土橋は包みを開いていった。中には硬貨で百円玉が十枚。おそらく母親が緊急の際に使うようにいい含めていたのだろう。ポシェットを大事そうにしていたのもそのためだ。

「お金は大変なときだけ。そういわれてるの」

土橋がうなずいた。そして包みをポシェットに戻すといつきに返した。

「理沙ちゃんにいってね。遊びにきてって。いつきは教会にいるからって」

亜坂はいつきがなぜ理沙を頼ったのか、理解できた気がした。この子にとって頼れる存在、つまりは友だちと呼べるのが理沙しかいなかったからではないか。二日前、図書館で会ったばかりだとしても。

「いつきちゃん、お母さんのお仕事先がどこか分かりますか」

土橋の質問にいつきは首をふった。

「あのお家に暮らしていたのはどうしてですか？」

「いつきが内緒の子供だから」

子供が自分について語るには痛々しい表現だった。また母親が口にするには残酷なように思えた。いつきは日頃の暮らしから、そう実感しているのだ。

「どうして内緒なのですか？」

「今までのお家は、お母さんといつきがいることがばれたの。それで二人で暮らせなくなったって」

「今までのお家ってどこです？」

「六本木っていうところ」

「住所が言えますか？」

いつきは再び首を振った。五歳児では無理もなかった。ただ母子は空き家にくるまで六本木のどこかに暮らしていた。具体的な番地は不明だが、そこで暮らしていることを辻あいりはひた隠しにしていた。やはり何らかの事情があったのだ。

「誰にばれたらいけないのですか？」

土橋が尋ねたがいつきから答はなかった。隠しているのではなく分からない様子だ。しかし、いつきの言葉は、母子には隠れる必要がある誰か、特定の人物か団体か、そんな対象があったことを示している。

「いつきちゃんのお父さんはどこにいますか？」

「しらない」

「じゃ、いつきちゃんがどこで生まれたか、お母さんから聞きましたか？」

「東京だよ」

声が少し自慢げになった。土橋が亜坂に視線を送ってきた。意味は理解できた。東京生まれであることを自慢するには、目の前の少女は幼すぎる。となると母親の影響ではないのか。つまり母親は、東京に対してある種の価値観を抱いていたか、自身の出身地にコンプレックスを感じていた様子に思える。土橋が続けた。

「東京のどこですか？」

「しらない」

「お母さんも東京ですか？」

「違う」

「じゃ、どこかしってますか？」

土橋の言葉にいつきはしばらく考えて、なんとか言葉をひねり出した。

「えっとね。東京からは遠いところ。夏にはいつもカエルが田圃《たんぼ》で鳴いていたところ。お母さんが大嫌いなところ。絶対、帰らないって」

言葉が正しいならば、辻あいりはどこかの地方都市の出身となる。そして、そこを嫌悪していた。母子が隠れるような生活を東京で送っていたことは、辻あいりの過去と関係しているのかもしれない。

「お母さんは最近、誰か怖い人にあったとか、嫌な思いをしたとか、なにかいってなかったですか。お母さんの生まれたところから誰かがきたとか」

「分からない」

いつきが答えた。母親のあいりになにかが迫っていたことは確かだろう。だから六本木から逃げ出したのだ。しかしあいりは娘にそのことを告げなかった。心配させたくなかったのかもしれない。または空き家へ逃げられたことに安堵していたのかも。

土橋は立ち上がった。いつきにした質問から、母親のあいりが隠れるように暮らしていたことが裏付けられた。しかし情報はそこまでだ。

――内緒の子供。

亜坂の耳にいつきの言葉が残った。

「じゃ、チャプレンのところへいきましょうね」

土橋の言葉で三人はマンションを出た。亜坂の運転で教会に向かう。あえて雑木林を避けた道順で車道を進むと、すぐに目的地に着いた。

教会は打ち放しのコンクリート造りで、それなりの敷地を有していた。しかしかなり古びた様子で、風雨にさらされてきたことを示すように壁面は苔《こけ》むしている。

――朽ち果てたロボットのようだ。

亜坂は教会にそんな印象を抱いた。車を公道に停《と》めると、三人は教会の入り口に向かった。敷地と公道をさえぎる塀もブロックもない。前庭には枯れた芝が続いている。湿ってカビくさい空き家。陋屋《ろうおく》を思わせる教会。いつきが親しんでいたのはそんな場所ばかりだ。唯一、普通といえるのは図書館だけだろう。そこで知り合った理沙は、一人だけの友だち。助けを求めたのも自然な心理に思えた。

亜坂は脳裏で地図を広げてみた。ウサギの盗難があった小学校。ボヤがあったゴミ屋敷。爆発事件が起こった下水道。いずれも半径一キロ圏内におさまっている。そしてどれも防犯カメラなどの記録から漏れる場所だ。犯人が同一人物ならば、この近辺の事情に詳しい者であることは明白だった。

車の音に気が付いたのか、教会の中から三十代とおぼしき男性が一人、出てきた。がっしりとした体軀《たいく》で、一見するとラグビーかなにかの選手を思わせた。ただ、ステンカラーの上着が神父であることを示していた。相手が先に声をかけてきた。

「亜坂さんですか。神父の鍛冶《かじ》です。K署の生活安全担当の方から、一時預かりの連絡をいただいています。施設の方では今、預かっている子供はいません。ですから、いつきちゃんの保護は引き受けられます」

神父は土橋の横にいるいつきに視線をやった。

「いつきちゃん、大丈夫？」

声は意外なほど温和だった。呼びかけ方は、二人が既知の仲であることを示していた。

土橋が口を開いた。

「この子のことはご存じですよね。それと母親のことも」

鍛冶は顔を曇らせた。

「辻あいりさんですね。まだ若いお母さんです。いつきちゃんのことはとても可愛《かわい》がっていました」

「少しお話を聞かせていただけますか」

土橋の言葉に、神父は三人を敷地内にいざなった。しかしチャペルらしき建物には入らず、芝の前庭を回ると裏手へと進んでいく。コンクリートの教会に隣接する木造の家屋があった。

平屋のそれは集会所を思わせた。ガラス戸がふたつ並んでいる。神父は靴のまま、そのひとつに入った。中は食堂らしきスペースだった。小さなテーブルがいくつか並び、そこにパイプ椅子が置かれている。椅子に座った神父は口を開いた。

「隣の和室が児童室になってます。今日からいつきちゃんが暮らす部屋です」

神父は隣へ通じるドアに視線をやった。いつきは当たり前のように椅子に腰かけた。おそらくいつも食事にきているのはここなのだろう。

「あいりさんについては、私も心配はしていたんです。なにかに怯《おび》えていたようでしたので」

「なにに怯えていたのか分かりますか」

土橋の言葉に神父は首を振った。

「詳しいことは聞いていません。ここは教会です。なにかに悩んでいたり、困っている方が訪れる場所です。そして私たちはカウンセラーではありません。懺悔《ざんげ》や告解《こっかい》でなければ、彼らの個人的な事情に踏み込むことはないんです。ただ、ここにくる以上、なんらかの事情を抱えているだろうとは理解していました」

「チャプレン。そうお呼びしていいですか」

神父はうなずくと、土橋に向き直った。

「母親のあいりさんがいつからこの土地に住んでいたか、どうしてここにいたか、我々には分からないのです。なにか思い当たることはないですか」

「教会の近くで暮らしていることはしっていました。ただ、いつからなのかは聞いていません。そのことについてもあいりさんは口を閉ざしていました。奉仕の食事のときに、いつもくる母子。私たちの関係はそこまでです」

神父はそこで溜息を吐いた。

「もっと早く、事情を聞いていればよかった。いつかなにかが起こるのではないかと心配していたのです」

神父の説明で、逼迫《ひっぱく》していた二人の状況が推し量られた。貧乏であることと、そうならざるをえない背景があると。しかし神父と刑事では、受け入れる方法が違う。痛みを解明するか、癒すかだ。土橋が問うた。

「この母子との付き合いは長いのですか？」

「いえ、七月ぐらいからですか。初めてここにきたのはお話会でした。町内の掲示板に貼り出してあったのを見たといっていました。そのときに奉仕の食事があることもしり、それからは毎週いらしてました」

「お話会？」

神父の言葉に亜坂は問い返した。

「月に何回か、布教もかねて、礼拝堂で絵本の読み聞かせやビデオを上映しているんですよ。教えのあとのお楽しみなんです」

亜坂は続けて尋ねた。

「くどいようですが、最近あいりさんから不審ななにかについての相談はなかったんですね」

神父はしばらく考え込んでいた。やがて首を振った。

「残念ながら。無口な人で、自分から相談事をもちかけるタイプではなかった。神父をしていると、ときどき理解できない母親を見ることがあります」

「あいりさんもそんな一人だったのですか？」

「いえ、むしろ逆です。とてもいつきちゃんを可愛がっていた。私がいったのは、親子だからといって子供を可愛がるわけではない母親もいるということです。児童養護に関わっていると、そんな母親を見かけることがあります。子供を虐待したり、自分が辛《つら》い思いをするぐらいならと、子供を捨ててしまう母親もいるんです」

「辻あいりさんはあてはまらない？」

「貧しいことは確かです。でも、そのことで娘を捨てる母親だとは思えない」

雑木林の死体が辻あいりかどうかを署の人間が漏らすことはないだろう。まだ捜査中だ。しかし、いつきの保護の依頼から、神父はなにか事情があることは理解しているようだ。どうやら辻あいりが失踪した程度に考えているらしい。

いずれにせよ辻あいりの身元や空き家で暮らすようになった背景は、神父のしるところではなかった。これ以上の調べは進みそうにないと亜坂が思うと同時に、土橋が椅子から腰を上げた。

「それじゃ、いつきちゃんをお願いします」

亜坂は視線をいつきにやってうなずく。別れとなることを理解したいつきは告げた。

「理沙ちゃん、明日きてくれるかな。会いたいな」

その言葉は、いつきの不安を痛いほど伝えてきた。

「分かった。理沙にいつきちゃんが会いたいっていってたと伝えておくよ」

不動産の登記簿は、三つの要素で構成される。物件の規模や種類を記載した表題部、所有者が明記された甲区、抵当権の記録が示される乙区だ。紙片にすれば四、五ページほどだが、現在はそのほとんどがデジタル化されている。

教会に続いて調べに向かった法務局で、亜坂は土橋の指示によってコンピューターを操作し、空き家の住所を頼りに登記簿を閲覧した。甲区の所有者の欄には多田《ただ》俊之《としゆき》という名が明記されていた。

物件の権利は、五年前に同姓の人物から移譲されている。さらに別の人物へ移譲された記述はない。おそらく両親から空き家を相続したが、そのままにしているのだろう。

運転免許証を照会すると、現住所が港区白金台《しろかねだい》にあるマンションであることも突き止められた。空き家とは別の場所で暮らしているらしい。名前と住所から、港区の所轄署で電話番号を入手した。

午後四時過ぎ、車で二人は白金台に向かった。すでに連絡を取っていた多田俊之は、自営業のために、自宅で二人を待っていた。一階のインターフォンで来訪を告げると、オートロックの入り口が開き、中層階の部屋へくるように告げられた。エレベーターで部屋に向かうと、玄関の前で待っていた多田が二人を中へ招き入れた。

「あの空き家は、親父《おやじ》の家なんですよ」

リビングへ二人を誘いながら、多田は説明を始めた。

土橋の推理は当たっていた。五十代とおぼしき男性だ。ソファを勧めながら多田はペットボトルのミネラルウォーターを二人のグラスに注《つ》いだ。

「私は一人っ子で、この歳になっても独身でね。実家を相続したのはいいんですが、知り合いの会計士に聞くと、税金の関係でややこしい話なのだと分かりまして」

亜坂は多田の説明を聞きながら、自身が暮らす近隣の状況について、土橋と話した内容を想起していた。なぜ東京郊外に空き家が多いのか。持ち主が売却したり、更地にしたりせずに放置しておくからだ。

「電話で話されていた辻あいりさんは、おそらくですが、六本木のクラブの女の子でしょうね。店の名前はフォリオ。源氏名は違いますが、お聞きした容貌と似ています。特別な関係ではなかったのですが、よく相手をしてくれました」

　聞き込みを担当せよと命じられていた亜坂は、相手に質問を始めた。

「彼女と最後にあったのは？」

「三ヶ月ほど前だったでしょうか」

「そのときのあいりさんは、どんな様子でしたか」

「普段と変わりませんでしたね。無口ですが愛想はよかった。ですが先日、クラブへ行くと、急に店を辞めたと聞きました」

「店を辞めた経緯について、なにかご存じですか」

「いえ、まったく。最後にあったときは普段と変わりませんでした。なにかあったとしたら、その後ではないですか。それについては店の方が詳しいと思いますが」

「実はその辻あいりさんが、多田さんのご実家で暮らしていた形跡があるのです」

「彼女が実家に？」

　多田は驚いた様子だった。しばらく考え込むと口を開いた。

「もしかすると、あれかな？」

「あれというと？」

「私はいつも背広を着て、店に行っていたんですよ。なぜだか、その方がもてるんでね。

でも、彼女と最後に会ったときは、いつもと違ってラフな恰好《かっこう》でした」

「なぜです？」

「彼女もそう思ったようですよ。あのときジーンズ姿だった私に、彼女が理由を尋ねてきたんです。なぜそんな服なのかって」

「どう答えたのですか？」

「年に一度の野暮用、汚れ仕事をしてきたからなんだと。私の実家は未《いま》だに空き家です。今、話した税金の関係で売るにも売れず、空き家としていた方が得なんですよ。ただ法律が変わりましてね」

多田の説明は、昨年施行された空き家対策特別措置法のことだ。倒壊の危険性や衛生上の問題がある空き家だと自治体によって認定された場合、固定資産税の優遇措置が受けられなくなる。結果、放置していても節税対策とならないのだ。

「自治体に、違反だと目を付けられるとまずいんですよ。行政が条例違反を認定するのは一年間の経過観察の後です。だから年に一度、片付けや掃除にいく。彼女と会った日も、その帰りでした。だから、年に一度の汚れ仕事の帰りなのだと答えたんです」

「辻あいりさんは、その話から、あなたの実家に暮らすことにした？」

「私が暮らしているのは港区だと、彼女はしっていたはずです。いつだかそんなことを話したから。そしてあの日、郊外の実家が空き家となっていることや、おおよその場所、どんな家かも話しました」

「そして家を見つけた？」

「そうなりますね。私の実家はもうご覧になりましたか？　雑木林の先にあって、板塀に囲まれた平屋です。赤い瓦屋根の」

――多田は今と同様の説明を辻あいりにした。

亜坂は自身が接した空き家の様子を脳裏に浮かべた。雑木林の奥にある古い平屋。板塀に囲まれた赤い屋根の家。これだけの特徴があれば、探し出すのはそれほど難しいことではなかっただろう。そして辻あいりはその捜索に成功した。

辻あいりは急いでいた。何らかの理由で隠れ場所を探していた。そして三ヶ月前の会話で、多田の実家の存在をしった。つまり、次の片付けの日がくるまで一年の猶予があると悟ったのだ。

多田と辻あいりは店を通じての関係だけ。それは事実なのだろう。深い関係ならば、多田に助けを求めてもいい。わざわざ空き家を選んだりはしないはずだ。だが話は店にくる客から聞いたに過ぎず、その客は無縁に近い存在。だから隠れられると辻あいりは判断したのだ。

「クラブにいた頃、彼女がどこに住んでいるのか聞きましたか」

「六本木とは聞きましたよ。店が借りているアパートにいるといってましたね」

「その前は？　例えば、どこの出身かを話していませんでしたか」

多田はしばらく考え込んでいたが、やがて首を振った。

「具体的には。北関東の地方都市だとは聞いた気がします。東京に比べると本当の田舎《いなか》なんだと笑っていましたね」

亜坂は土橋に視線をやった。土橋がうなずいてくる。これ以上の情報は多田から入手できないだろう。二人はマンションを辞去した。

六

「わずかに見えてきましたね」

亜坂は自宅マンションのキッチンで、土橋、理沙とともにテーブルを囲んでいた。時刻は午後七時半。多田に聞き込みを終えたのは午後五時過ぎで、理沙を保育園から連れ帰る時間が迫っていた。そこで白金台から一旦、土橋とともに国分寺へ戻ったのだ。

駅前で買い物を済ませ、土橋とともに理沙を迎えにいき、亜坂はキッチンに入った。夕食ができるまで、理沙の相手は土橋にまかせた。二人はすでに顔なじみだ。そして不思議なことに、いつも内向的な理沙も土橋といるときには心を開いている様子だった。

　土橋と対しているときの理沙は、珍しく口数が多い。子供特有の「なんで？」を連発する。それに土橋は、嫌な顔をせず付き合ってくれる。疑問の連発が意味するところは、要するに自分にかまってくれる相手であると理沙は理解しているのだ。

「光るもの、すべてが金とは限らない」

　土橋がフォークで皿の上の肉を口に運びながら告げた。かりかりと歯切れのよい音がしている。食事は終わりに近い。夕食をすませて理沙を風呂に入れ、寝かしつけると出かける先がある。それは土橋も承知していた。だから亜坂は土橋を食事に招待したのだ。

　帰宅中、土橋は頰を緩めて夕食のリクエストを口にした。チキングリル。できるだけ皮をカリカリに焼いたやつがいいと。付け合わせはマカロニサラダと甘いニンジン、塩をふったサヤインゲンの温野菜。

　まるで街の洋食店のメニューだ。Aランチ、Bランチがある、今では見かけることが少なくなったタイプの店。そういった味覚を誰もがご馳走《ちそう》としていた時代に土橋は育ったのだ。いつだったか土橋のリクエストで、ポークカツレツをふるまったことがあった。そのときに土橋は細かい注文を付けた。

「いいか、ニゴリ。ポークカツレツだぞ。トンカツじゃなくて」

　亜坂はそのリクエストに、土橋の意図を理解した。柔らかく、ジューシーな豚肉を楽しみたいのではない。目の前のチキングリルのように、軽快な歯ごたえが欲しいのだ。

その要望に応えて亜坂はトンカツ用の豚肉を叩《たた》いて薄く延ばし、衣を棘《とげ》のようにカリカリに揚げた。口の裏側の薄皮を刺すほどに。そのときも土橋は長く息を吐くと、今と同様に黙々と皿に向かっていた。

「今のはゲーテですか」

土橋が最後のチキングリルを口に運ぶのを待って亜坂は尋ねた。

「シェイクスピアだ」

土橋はテーブルのバゲットをちぎると、肉と一緒に咀嚼《そしやく》している。チキングリルのリクエストにあわせて亜坂はライスではなく、パンを供していた。

「光るものってなに？ なんで金とは限らないの？」

隣に座る理沙が声を上げる。土橋は微笑《ほほえ》むと、視線を理沙に向ける。

「理沙ちゃん、あなたが今、一番、大好きなものはなんですか」

丁寧な言葉遣いだった。刑事の聞き込みと同じだ。相手が気付いていないなにかを引き出す。そのためには、相手と同じ位置に立たねばならない。卑下したり、持ち上げすぎても相手は感情に左右される。

そんな状況で導き出される情報は透明ではない。なにかが混じっている。それよりも相手を思考に集中させるのだ。無色透明となる状態まで。そしてゆっくりと、しかし的確に、相手が感じているかもしれないなにかを抽出する質問をする。そこから糸口が顔を出すのだ。

「ご本。図書館にある、面白いご本」

土橋の質問に、理沙はフォークを握りながら答えた。

「すると理沙ちゃん、あなたは最近、とても面白い本を図書館から借りたのですか。それは今までの本とは比べものにならないほどだったんですね。なんという本でしょう」

土橋の質問に、理沙はしばらく視線を左上に据えた。なにかを思い出す際の仕草だ。人間の視線は心理を反映すると亜坂はなにかで読んだ記憶があった。今の理沙は見えていないものを、視線によって探っているといえるかもしれない。

「ええとね、グリム童話。いつきちゃんもおもしろいって読んでた。教会で見たお話もあるって。理沙が好きなのはブレーメンの音楽隊。ロバと犬と猫とニワトリが鳴き声で悪い人をびっくりさせるの」

「つまり音楽隊のお話がとてもおもしろかったのですね。図書館にはお話がたくさんありますね。どれも綺麗《きれい》な表紙をしている。でも、読んでみるとそれほどおもしろくない本もあるでしょ。光るからといって必ず金ではないとは、そんなことなのです。何ごとも見かけで判断はできないんです」

理沙は、土橋の説明を難しそうな顔をして聞いている。すでに食事は終えていた。亜坂は告げた。

「さあ、理沙姫。お風呂の時間だ。一人で入れるね。ちゃんとすませたら、ごほうびはデザートのレモンパイだ」

亜坂の言葉に理沙は無言で立ち上がると、風呂場へと向かう。まだ難しい問題に対して思考を巡らせるように顔をしかめている。土橋の言葉を熟考する小さな哲学者だ。

土橋はテーブルにあったバゲットの一片をちぎると、皿に残っていたソースをぬぐって口に入れた。皿のソースはきれいになくなった。

「カラメルソースですよ。肉汁に砂糖と水を混ぜただけ。ただ隠し味に赤ワインを入れてます。こつはシロップ状になるまでよく煮詰めること」

土橋は名残り惜しそうに皿を見つめていたが、ふんぎりをつけたように視線を亜坂に向けた。

「ニゴリ、メモを出してみろ。それとレモンパイ。デザートをやりながら、今までの経過を復習してみよう」

亜坂は土橋の指示に皿を流しに片づけ、キッチンから小皿に盛ったレモンパイを運び、ポケットにあったメモの束をテーブルに広げた。

「理沙ちゃんにとって、ブレーメンの音楽隊の話は金だった。楽しそうに見えても、すべての本が金ではない。ただし、そのうちのどれかが、微量ながら金を含んでいる可能性もある。見えないなにかを探す場合、一見、関係がないと思えるものの中で、象を舐《な》めたように同じ味のものを拾い上げてみるんだ。義務教育でならっただろ？」

土橋は亜坂が広げたメモを一枚ずつ確かめながら、三つの山により分けた。山と山の間に少し空間を作る。

「これが連続した事件に関するものの集合だ。そしてこっちは被害者の辻あいりに関するもの。そして最後がどちらともつかないグループだ。辻あいりがどうやって空き家に至ったかの経緯は判明した。だからその次だ」

土橋は前置きすると、被害者に関するメモの山から一枚をつまんだ。「被害者の具体的な身元は？」と書かれ、但し書きとして「三ヶ月前まで六本木の風俗店に勤務」と添えられている。

土橋はつまんだメモを、三つの山から離して置いた。つまり、今のはこれからの推理に関しては保留という意味に取れた。

「これは大事なメモだな」

次に土橋がつまみ上げたのは、また被害者に関する山からだった。「辻あいりはなにに怯《おび》えていたのか」と書かれている。

「教会の神父の話でも、店の客だった多田の実家に逃げ込んだ事実からも、辻あいりはなにかに怯えていた」

土橋の指摘に亜坂はうなずいた。

「今から三ヶ月ほど前にですね」

「つまりそのときに、彼女には取るものもとりあえず逃走しなければならない事情があったということだ」

「空き家での暮らしぶりからも、身を隠すのに必死だったことが分かります。電気も水道もないところです。手近な衣類だけで逃げ込んだんでしょう」

土橋はつまんだメモを、三つの山の中心となるスペースに置いた。つまり、辻あいりがなにに怯えて空き家に逃げ込んだかが命題となるのだ。続くメモには「なぜ住民票がないか」と綴《つづ》られていた。

「これが、彼女の逃走と関係しているかもしれない」

「身元が分からないのは、辻あいり自身による工作ということですか？」

「そうだ。素人が他人の住民票を操作するのは難しい。となると、本人の都合と考えた方が普通だ」

土橋はつまんでいたメモを、三つの山の中心部分に置いた。続いてまた別のメモをつまんだ。

「これはまだはっきりしないな。それに味を示しているものじゃない」

土橋が手にしていたのは「犯行は怨恨《えんこん》か、通り魔か、無差別殺人か」と書かれたメモだった。そのメモは山から離れた保留のグループに置かれた。

「どうして味を示していないのですか?」

「象を舐めていないからだ。まだ足か鼻かに触れた際の疑問だからだ」

確かに怨恨あるいは通り魔や無差別殺人ならば、それぞれに関係する要素が示されていなければ象を舐めたことにはならない。亜坂は先ほど作った料理を連想した。

「つまり、まだチキンをフライパンに入れた状態なんですね。このメモはまだメイラード反応を起こしていないのか」

「なんの反応だって?」

「今のチキンですよ。カラメルソースも。肉の表面がカリカリした濃い褐色に焼けるのは、メイラード反応によるんです。肉を水なしに加熱すると、素材のタンパク質と糖分、アミノ酸による化学反応が起こります」

「詳しいんだな」

「物理学者が料理の本を書いているんですよ。料理は化学であり魔法なんです。上達するには奥義をしらないと」

「名刑事は名コックであるべきなんだな」

「肉をカリカリに焼くには百度以上の熱、水分が飛ぶ温度でじかに焼くか、たやすく二百度に達する油を使うかです。いずれにせよ、そうすることで肉の表面は、汁に影響されずにタンパク質とアミノ酸が大きな分子として結合します。この分子が、香ばしい香りやカリカリした状態になるんです」

「カラメルソースは？」

「砂糖、肉汁、水を百度ほどで煮詰めると、やがて黄金色のシロップになります。これをカラメル化というのですが、実際に起こっている現象は素材の糖分とタンパク質が結びついたメイラード反応なんです」

まだ先ほどのソースの余韻が残っているのか、土橋は亜坂の説明にすでにかたづけられた皿のあった場所を名残り惜しそうに眺めた。

「メイラード反応か、覚えておこう」

被害者に関するメモはそれほどなかった。

「後頭部に残されていた禿部《とくぶ》の痕跡はなにか」「妊娠線＝父親は誰か」。土橋はその二つのメモも、三つの山の中心に置いた。

最後に二枚のメモが残された。一枚には「付着していた繊維はなにか」と綴られている。もう一枚には「てれすけ」。

「被害者の傷が犯人によるものだとして、繊維はどう思う？」

土橋が尋ねてきた。辻あいりの着衣からでないことは確かだ。

「犯人が残した可能性が強いですね」

土橋はうなずくと、二枚のメモを連続する事件のグループ近くに置いた。そして仕分けしたメモを眺めた。

三つの山の中心部には「辻あいりはなにに怯えていたのか」「なぜ住民票がないか」「後頭部に残されていた禿部の痕跡はなにか」「妊娠線＝父親は誰か」と書かれた紙片が並んでいる。

「いつきちゃんの言葉では、辻あいりは地方出身で、その地を嫌悪していた。そして、いつきちゃんは東京生まれだといっている。となると、この中心部のメモの山はどんな味がする？」

「過去ですか。辻あいりの」

亜坂は今まで聞き込みで得た感触を口にした。並んでいるメモは、経過時間こそ違うが、すべて辻あいりの過去における出来事だ。土橋がうなずいた。

「辻あいりは、過去から逃げようとしていた。だから身元を隠そうとしていたんじゃないか」

「客としてきていた多田にも、出身地を明かしていませんね。ただ、店が借りていたアパートにいることは告げています。つまり身元を隠そうとしていたのは、多田でも店の人間でもない」

「いつきちゃんは五歳。つまり少なくとも五年前には辻あいりといつきちゃんは東京にいたことになる。辻あいりの後頭部は髪が抜けていたな。鑑識によると古い火傷《やけど》跡だ」

「髪が抜けたのは、東京にくる前でしょうか。いつきちゃんを産む前。嫌悪するほどの出身地を逃げ出してから、いつきちゃんを産んだ」

「どんな味がする？」

「暴力ですね」

土橋がうなずいた。そして保留としていたメモを、三つの山の最上部に置いた。メモにあるのは「被害者の具体的な身元は？」、但し書きとして「三ヶ月前まで六本木の風俗店に勤務」とある。

「辻あいりの出身地である地方都市がどこかはまだ不明だ。しかし、そこから六本木へ逃げ込んだのは分かりやすい経緯だ。誰かから、あるいはなにかから逃げるには、人間が多い都市の方が隠れやすい」

「栃木県でしょうか。辻あいりの出身地は」

「なぜだ？」

土橋は怪訝《けげん》な口調で尋ねた。亜坂はまだ土橋に報告していなかった昨夜の聞き込みについて話した。

「小学校の事件に関して、コンビニにたむろする若者に、昨夜、聞き込みをしました。その際に、彼らは宇都宮ナンバーの白い車を何度か目撃しています。そして、そのコンビニを辻あいりが利用していた。財布にあったレシートからそう判明しています」

「つまりその車は、辻あいりを張り込んでいたというのか」

「まだはっきりとはしません。彼らは相手の詳細や車のナンバーも覚えていませんでした。ただ、奇妙に思ったのは確からしいです」

土橋はうなずくとしばらく考え込んでいた。

「これ以上、手がかりらしいものがない場合は、栃木県警に協力を要請しよう。だが、まだ栃木のどこかは断定できない。となると県内全域から該当する人物を調べ上げることになるが、それには時間がかかる。今は潰せるものを潰していこう」

土橋はそう告げると、連続する事件についてのメモの山に移った。こちらはかなりの数にのぼった。一枚目のメモは「小学校、先生、ウサギの盗難。ウサギを逃がしたのはなぜか」とある。

次は「ゴミ屋敷の放火、ねぼすけ。わざわざ消されないように残したのはなぜか」。さらに「おこりんぼ。爆発現場がどうして住宅街か。相手は爆発物に詳しいか。発火装置がないのはなぜか。爆発を待っていたのか」。メモにはそれぞれ、そう記されている。

土橋はメモの中から一枚をつまむと、山の一番上に置いた。紙片には「落書きはメッセージか。それぞれの違いはなぜか」と記されている。「てれすけ」と書いてあるメモをその横へと動かすと土橋は告げた。

「ニゴリ、お前が聞き込んだ若者グループってのは、小学校の事件とは関係なさそうなのかね」

「ええ。聞き込みの感触では。ただの遊びで校庭に忍び込んで花火をしただけのようですが」

「落書きがメッセージかどうかは、まだ保留だ。ただ、どれも人間に関することは確かだな。まるであだ名だ。それと象を舐めた様子がうかがえる」

「どれにですか」

「四つ全部だ。犯人はそれぞれ違う言葉を使った。しかしそれが残されたのは、どれも事件の現場だ。どんな味が考えられる？」

亜坂はしばらく考えた。自身が書いたメモの一枚が目にとまった。

「そのメモにあるとおり、どの現場にも防犯カメラによる手がかりは残されていません。カメラのない場所か、死角を選んでいます。それが意図的なものだとすれば、犯人は近隣に詳しい人間ということになります」

「そうだな。相手は、誰による落書きなのかは記録されないと分かっていた。それを踏まえて落書きを残していった。なぜだ？」

「誰かに見てもらうためでしょうか」

「なんのために見てもらうんだ？」

「メッセージでしょうか。それとも楽しんでいるのでしょうか。まるでこちらをからかっているようにも思えます」

「楽しみねぇ。仮に犯人が愉快犯だったとしよう。騒ぎになるのを期待していたとしたら、顚末《てんまつ》を見ていたかっただろう。しかし聞き込みでは、どの事件に関しても不審者の目撃情報はない。なぜだ？」

「どこかで見ることができたんでしょうか？　あるいは近隣に詳しい利点を生かして、ばれないように騒動をうかがっていたとか」

「どんな利点だ？　そいつが犯人確定の鍵になるんじゃないか」

土橋が告げた。

「相手がどうやって、どこから一連の騒動を見ていたかですね」

「てれすけか」

土橋はつぶやいた。そしてどちらともつかない山からメモをつまみ上げた。「靴のサイズは二十五・五。大きさから男か。また一連の事件は辻あいり殺害が目的か。ではなぜ、あいりか」と書かれている。山にあった最後のメモをつまむと、土橋は亜坂に示した。「犯行の味は？」と記されている。

「土橋さんがいうように、一連の事件はエスカレートしているように思えます。相手はとうとう殺人にまで手を染めた」

「そうなんだ。そいつが一番の問題だ。事件はどれも単なるイタズラじゃない。なんらかの意図がある」

土橋はそうつぶやくと頭を掻《か》いた。

「だが、その意図がどこか変だ。小学校ではウサギを盗んでおいて逃がした。ゴミ屋敷への放火はボヤで終わった。そして下水道の爆発では発火装置を用意していない。どれも起こした事件の結果に対して無頓着に思える」

「辻あいり殺害は？」

「それだけがはっきりしている。犯人は頭部を二度、鈍器で殴打して、被害者にとどめを刺した。殺害が目的なのは明白だ。すると、この事件だけ別の人間の仕業なのか？　いや、だとすると、〈てれすけ〉と残したことの説明がつかない」

亜坂は土橋のいらだちが理解できた。

「つまり土橋さんは、辻あいり殺害について、連続する事件と共通する意図があると考えているのですか。ただの殺害ではないと」

土橋は保留グループの紙片を指さして答えた。

「犯行が、怨恨や通り魔、無差別殺人なら、なぜ犯人は落書きを残してきたんだ？　相手は誰かに見てもらうために言葉を残している。つまり辻あいり殺害は殺すことだけではなく、〈てれすけ〉と書き残すことも意図として含まれる」

土橋がそう告げたとき、風呂場から理沙がパジャマ姿で現れた。そして二人に告げた。

「土橋のおじちゃん、ランドセルって金なのかな」

理沙はそう前置きすると続けた。

「理沙ね、いつきちゃんと話したの。いつきちゃんはランドセルを買ってもらえないみたい。でも、いらないって話してた。それでね、理沙のを一緒に使おうといったの。そしたら凄《すご》く嬉《うれ》しそうだった。いつきちゃんにとって、ランドセルは金なのかな、どうなのかな」

理沙の言葉に亜坂が尋ねた。

「図書館で理沙は、いつきちゃんとどんな話をしたんだ？」

「今度できるモールで、昌子伯母《おば》さんがランドセルを買ってくれるって。買ったら貸してあげるって。モールまでは、バスでタダでいけるって」

亜坂は理沙が来春に小学校に上がることを思い出した。

「それでね、いつきちゃんは、小学校ってどんなところか訊《き》いてた」

亜坂は理沙の説明に、いつきが述べた内緒の子供という言葉を想起した。今の説明はそれと関係しているかもしれない。

「いつきちゃんには理沙の服を貸してあげてていいよね。いつきちゃん、喜んでいたよ。それと教会にいるから遊びにきてほしいって」

「うん。行く。行ってもいい？　連れて行ってくれる？」

亜坂は土橋に視線をやった。土橋がうなずいた。意図は理解できた。

「いいよ。ただいつきちゃんには、お母さんの話をしちゃ駄目だよ」

「いつきちゃんのお母さん、どうかしたの？」

「いなくなっちゃったんだよ。お父さんたち、みんなで捜している」

亜坂は理沙やいつきに対して、事件の真相を伏せることにした。土橋もそれを考えている。理沙は亜坂の言葉に大変なことが起こっていると感じたのか、しばらく無言だった。日頃、母親となかなか会えない自身の境遇が重なっているのかもしれない。やがて理沙は小さくうなずいた。

「さあ、理沙姫。レモンパイを食べたらちゃんと歯磨きして眠るんだよ」

子供の仕事は泣くこと、眠ること。そして風呂と歯磨きをちゃんとすることだ。亜坂の教育方針はそれにつきる。デザートを終えた理沙をリビングから子供部屋に連れて行くと、亜坂は部屋の電気を点《つ》けたまま、寝付かせた。暗い部屋で眠ることを理沙はとても嫌がるのだ。

一時間ほど土橋と自宅で待機することにした。亜坂は時間がくるまで刑法に関する演習問題を試みた。

【放火および失火の罪】放火の目的で目的物の周辺にガソリンを撒《ま》き散らす行為は（　）段階の行為であるが、発火の蓋然性が高い場合は（　）としてよい。

放火予備罪に関する設問だ。答は最初が予備、次が実行の着手だろう。亜坂は問題の解答を確かめた。正しかった。

「昇進試験に備えてるのか」

土橋の声があり、亜坂は顔を上げた。

「ニゴリ、お前もメイラード反応を始めたみたいだな」

「なんのことですか」

「カリカリに焼けてきたってことだよ」

土橋の説明が理解できず、亜坂は考え込んだ。ふと垣内の言葉が想起された。カタカナになってきたと垣内は述べた。今の土橋の言葉はそれと関係しているのだろうか。

尋ねようとしたが土橋は目を閉じていた。疲れが溜《た》まっているのだ。やがて一時間が経過し、二人は腰を上げることにした。時刻は午後九時。六本木はそろそろ本格営業に入る時間だろう。

クラブ・フォリオについて事前に管轄署に聞いたところ、暴力団の息がかかった店ではないとのことだった。むろん見《み》ケ《か》〆《じめ》料《りょう》やその他でなんらかのつながりはあるだろう。しかし独立した経営を続ける店舗で、いかがわしい類ではないと把握できている。店は六本木の交差点から西麻布《にしあざぶ》へと続く坂を進んだ中ほどにある。繁華街から少し離れた立地であるところからも、多田が通っていた意図がうかがえた。静かで落ち着けるからだろう。手近なコインパーキングに車を停《と》めると、亜坂と土橋はビルの上階へと上がっていった。

　亜坂の推理は当たっていた。クラブ・フォリオはこぢんまりした造りで、キャバクラと銘打っているがクラブに近い。むろん接客をする女は、肩や胸元があらわなドレス姿だ。しかし全体としておとなしい様子だった。

「辻あいりという女性がここで働いていましたね」

　聞き込みをゆだねられた亜坂は、警察手帳の提示とともに店の責任者を呼んだ。現れた男は金村《かねむら》と名乗ると、姿見とロッカーが雑然と並ぶ店の控え室に二人を案内した。

「紫アカネさんのことみたいですね」

「それが源氏名だったんですか」

「そうです。うちは雇用する女性に関して、深くは詮索しません。ただ、本名と年齢ぐらいは尋ねますよ。履歴書までは求めませんが」

　金村はパイプ椅子に座ると、二人に視線を向けた。

「彼女になにかあったんですか」

亜坂は土橋に視線を送った。土橋がうなずいている。

「亡くなりました」

金村が溜息《ためいき》を吐《つ》いた。深い息だった。その余韻はこれまでにも同じような息が何度も漏れたことがあると感じさせた。

「彼女は事情がある風でしたか」

亜坂の問いに金村は告げた。

「事情のない女性が、こんな商売につくことはないですよ。誰もがなにかある」

「辻あいりさんの事情をご存じですか」

「彼女は、六年ほど前に六本木にきたといってました。そして、いろんな店を転々としてきたともいってた。どれも私が名前をしっている店でね。この商売は世界が狭いんですよ。要は、住む場所のないホステスに又貸しする形でアパートを斡旋《あっせん》するタイプの店ばかりでした。だからうちにきたんだと理解しました」

金村はそこで煙草《タバコ》に火を点けた。旨《うま》そうに深々と吸う。亜坂は続けた。

「彼女がこの店に移ってきた理由をご存じですか」

「なんでしょうね。水商売に勤める女性が別の店に移るのはいろいろですからね。店の方針が気にくわない、ホステス同士の喧嘩《けんか》、単に飽きたから。彼女たちは裸一貫の商売です。体が資本ですから、それが売れる間はなんでも自分のやりたいようにしますね」

金村はまた深々と煙草を吸った。紫煙が気持ちを紛らわせるのを待つようだった。

「うちにきたのは一年ほど前かな。小さな娘さんがいるっていってた。四、五歳くらいの。父親については口を閉ざしていた。六本木に流れてきた若い女が、素性を明かせない父親の子供を抱えている。把握していた事情はそこまでです。でも、彼女はまだ若い。それに美人だ。だから雇うことにしたんです。案の定、客はよくつきました」

「辻さんは勤めていた頃、なにかに怯えていたようでしたか」

「どうかな。そんな気配はなかったな」

「辞めた経緯は？」

「三ヶ月ぐらい前かな、突然、店を辞めるといった。なにがあったのかピンとこなかったけれど、深く聞きませんでした。聞いてもどうしようもないですからね。ただ急いでいたようでした。辞めた一週間ほど後に、精算していない給料を取りにきたから。ええと、待ってください」

そこで金村はしばらく考え込んでいる風だった。そして控え室の椅子から立ち上がると、フロアに向かった。亜坂と土橋が待機していると、金村が一人の女性を伴って戻ってきた。

「この子があいりさんと最後に控え室で一緒だったんです。私は開店前で忙しかったから、精算金だけ渡してフロアの準備に向かいました。あの後、モニカは、アカネとどんな話をした?」

　金村は捜査に協力的だった。警察が聞き込みにきたことで、辻あいり死亡の事情をうっすらと理解しているのかもしれない。あるいはこうしたことを何度も経験したのか。モニカと声をかけられた女は、辻あいりと変わらない年齢に思えた。金村の問いにうなずいた。

「アカネさん、あのとき、封筒と財布の小銭を確かめてました。七百十円ちょうどあるかどうかって。それで喜んだんです。小銭を確かめるなんて変だから、かなりお金に困ってるんだなと思いました」

　亜坂はモニカの答に推理が働かなかった。金に困っていたのは確かだろう。取る物もとりあえず逃走したのだから。

「辻あいりさんは小銭を確かめていたんですね」

　黙っていた土橋がモニカに確認した。

「はい」

「その話を誰かにしましたか」

「そういえば、アカネさんが辞めた後、何回か店に通ってきた男に話しました。アカネさん目当てで店にきたけど、辞めた後だったので、理由を尋ねられたんです」

「その男の名前や年齢、容貌を覚えていますか」

土橋は質問を続けた。

「名前は田中太郎《たなかたろう》っていってました。年齢は三十代後半ぐらいかな。くだけた様子ではないのですが、ラフな恰好《かっこう》でした。あぶない線ではなさそうでしたが、普通の勤め人とも違う風でしたね」

男の具体的な特徴は摑《つか》めないようだった。ただ、亜坂は脳裏でコンビニエンスストアで聞いた若者たちの情報と結びつけていた。宇都宮ナンバーのN社の古いセダンの男だ。

亜坂はモニカに尋ねた。

「その男は酒を飲んでいきましたか」

「いえ、下戸だっていってました」

「その後、店にきましたか」

「話をした後は一度も」

「東京の人間のようでしたか、それとも別の土地から？」

モニカはしばらく考えていた。そして首を振った。

「何度か接客したのは確かなんですけど、いわれてみると自分についてはなんにも話さなかったわ」

男が車で来店していたことも考えられる。だが詳細はこれ以上、摑めそうになかった。

亜坂は辻あいりについての聞き込みに戻ることにした。

「アカネさんについてですが、お二人は彼女の出身地についてご存じですか」

二人は首を振った。金村が言葉を添えた。

「この商売では、お互いに相手の過去については詮索しないんです。話の流れで、なんとなく分かるんですよ。いいたくないし、聞かれたくないんだなと。だからそう感じた部分には触れない。ただ、地方出身だろうとは思います。六本木以外の土地勘はなかったみたいですから」

クラブ・フォリオは、地方から流れてきた女性が逃げ込み、働くには都合がいい店だったらしい。自身の過去から逃れるために源氏名で通せるし、プライベートな部分に踏み込んでくる相手もいない。

今まで何人もの、そんな女性がこの店のフロアで肩や胸元をあらわにして勤めていたのだろう。夜の闇に隠れるようにして。そして辻あいりのような結末を迎えた女性も。

金村の溜息はそれを示していたのだ。

辻あいりの過去について、これ以上の情報はここでは得られそうになかった。亜坂は土橋に視線を送ると腰を上げ、名刺を金村に渡した。

「なにか思い出したことがあったら、ここに連絡をください」

名刺を受け取ると金村が尋ねた。

「あいりの娘はどうしてますか。無事ですか」

この男にも娘がいるのだろうか。あるいはそんな相談や問題にいつも対しているのだろうか。女性が多い職場だけに、辻あいりの死亡の先に待ち受ける問題に対して思いが働くのかもしれない。亜坂は答えた。

「大丈夫です。面倒を見てくれている人がいます」

二人はクラブ・フォリオを後にした。コインパーキングに停めてある車に向かいながら亜坂は気になったことを土橋に尋ねた。

「どうして辻あいりが小銭を確認したことにひっかかったんですか」

「人はなんの必要もなく、小銭を確かめたりしない。つまり彼女には、その必要があったんだ。そして今のホステスは、その記憶をさっき見たようにすらすらと答えた」

「躊躇《ちゅうちょ》せずに思い出したということは、脳裏に残っていたわけですね。だから、誰かに話した経験があるかどうか尋ねた」

土橋はうなずいた。亜坂は質問を重ねた。

「それで、辻あいりはなぜ小銭を確認していたのでしょうか」

土橋は助手席に乗り込みながら告げた。

「彼女が店を辞めた直後に男が話を聞きにやってくる。そして小銭の一件を耳にして以降、一度も顔を出さない」

「男は、辻あいりの消息を探りに現れ、小銭の一件からなにかを摑んだんですね」

「なにを摑んだんだ？　二度と現れないということは、新たな情報が必要なかったと考えられないか」

「そいつが摑んだのは、辻あいりの居場所ですか」

「もしお前に探している相手がいて、どこにいるかを突き止めたいとしよう。だが居場所は不明だ。ただし相手は小銭を確かめ、七百十円ちょうどあったと喜んだ。なぜだ？」

「つまり、辻あいりが必要としていた七百十円の目的ですね。それが居場所に関係していた。もしかして小銭は、辻あいりが逃走した空き家から六本木の店までの運賃？」

「その男もそう考えたのだろう。そしてそれは正しかったはずだ。ニゴリ、お前の携帯電話はいろいろ便利なんだろ？」

土橋は六本木から国分寺までの運賃に関して確かめろといっているらしい。亜坂は自身の携帯電話で六本木〜国分寺間の鉄道料金を調べた。

「ＪＲと地下鉄を利用しますが、一番安いと五百三十円ですね。金額が合いませんよ」

「ニゴリ、お前はまだ体が丈夫なんだな。うらやましいよ。俺はリハビリ中だ」

土橋が含みのある言葉を告げた。亜坂は土橋の言い回しをしばらく考えていた。やがて答を思いついた。国分寺駅からのバスの料金表を検索する。

「駅から空き家近くまで、バスは百八十円、これで合計七百十円ぴったりです」

亜坂の自宅は駅前から徒歩圏内だ。しかし辻あいりと娘が暮らしていた空き家は、歩くには少し距離がある。まだ歩行に難がある土橋は、自身の思いから推理を進めたのだ。

「田中だって？　ホステスに自分についてはなにも明かさず、辻あいりの消息だけを聞き出して消えた男が田中太郎？」

「偽名ですかね」

「当然だろ。失踪した女を捜している男が本名を名乗ると思うか」

「誰でしょうか」

「過去からきた男だよ。辻あいりの。それだけは確かだ」

土橋を荻窪の家まで送り、国分寺の自宅に帰ったのは十一時過ぎだった。理沙は子供部屋でぐっすりと眠っていた。亜坂はリビングのソファでバーボンを一杯やった。翌朝八時に捜査会議がある。今日の捜査はここまでだろう。だが、まだなにかがもやもやしていた。

思い込みかもしれないが、クラブ・フォリオで辻あいりについて探っていた男は、宇都宮ナンバーの車と関係している可能性が高いように亜坂には感じられた。車の男が誰か、なにが目的かを把握できれば、おのずと辻あいりの失踪理由、身元が判明するだろう。うまくいけば殺害された経緯までたどれるかもしれない。

男が宇都宮ナンバーのN社の古い白のセダンに乗っていたことは分かっている。とすると、どんな手を打つべきか。ごく通常の捜査しかないだろう。車の特定だ。コンビニエンスストア付近のNシステム、また防犯カメラの記録を洗うのだ。

Nシステムに関しては明日、署に出てから端末でチェックしよう。だがコンビニエンスストアの防犯カメラに関しては、早めに手を打った方が無難だ。過去の映像をいつまで保存しているのか分からない。若者のグループが問題の車を見かけたのは一ヶ月ほど前だ。すでに記録が消去されている可能性もある。

亜坂がソファから腰を上げようとしたところで携帯電話が鳴った。メールの着信を告げている。確認すると海外にいる美由紀からだった。

『今週金曜日に帰国。土曜日に理沙を迎えに行く。どこで落ち合う?』

文面は簡素なものだった。亜坂はしばらく考えた。今日は木曜日、土曜日まで、まだ二日ある。しかし自身は現在、捜査のただ中だ。事件が土曜日に決着している可能性は低いだろう。

『昌子伯母さんに連絡して土曜日の待ち合わせを』

返信を相手に返した。続くメールはなかった。亜坂が改めて壁の時計を見ると、十二時前を指している。玄関の扉をできるだけ静かに閉めると、亜坂はマンションから昨夜のコンビニエンスストアに向かった。駅前から弧を描く道に出ると交差点を二つ過ぎ、坂を上っていく。

昨夜と同様に、薄暗い道の先に誘蛾灯《ゆうがとう》のような白い明かりが灯《とも》っていた。亜坂が店内に入ろうと歩みを進めたとき、駐車場の隅に車が一台、停められているのが視野に入った。コンビニエンスストアの防犯カメラは通常、店頭の自動ドア付近にある。車はそこからもっとも離れた位置にあった。

しかし明かりの中に宇都宮のナンバープレートが把握でき、N社の古い型のセダンで色が白だと確認できた。亜坂は静かに車に近づいていった。まずナンバーを脳裏に刻む。そして遠目で内部をうかがった。三十代後半らしき男が一人、運転席に座っていた。伸びかけの脂気のない髪。顎が張った四角い顔。普段着を思わすブルゾン。ややがっしりとした体躯《たいく》で、一瞬、自身と同様の職業を連想させた。だが警察官ではないだろう。なぜなら男は一人だったからだ。張り込みをする警官は二人一組が鉄則だ。

若者グループが語っていたように、危ない筋の人間には思われなかった。その方面の人間特有の崩れた印象はない。

亜坂は相手に気取《けど》られないように車に接近しながら考えた。男はなにをしているようでもなかった。運転席に座って前方を眺めている。男の視線は駐車場の先、坂の下へと続く道路に向けられている。

——この男はなぜ、ここでこうしているのか。やはり辻あいりの張り込みをしているのか。

だがそれでは辻褄《つじつま》があわなかった。辻あいりはすでに死亡しているのだ。もし男が田中太郎なら、六本木で情報を入手し、居場所を特定したはずではなかったのか。今さら張り込む必要はないはずだ。なのに、まだここにいるのはなぜか。男の目的、辻あいりとの関係が理解できない。

亜坂は運転席の横の窓ガラスをノックした。亜坂の接近に気付いていなかった男は、驚いたように視線を動かした。亜坂は警察手帳をガラス越しに提示し、窓を開けるように身振りで伝えた。男は渋い顔でパワーボタンを操作した。逃走する気配はなかった。

「職務質問させてください」

亜坂の言葉に、男はさらに渋い顔になった。

「K署刑事課の巡査か。亜坂さんね」

相手は警察手帳の階級章から、こちらの地位を即座に把握した。この男は一般人ではない。少なくとも警察に関して詳しい人物だ。

「仕事の関係で話せることと、できないことがあるぜ。守秘義務は分かるよな」

男は話を手短にすませたいのか、ブルゾンの内ポケットから名刺を取り出すと渡してきた。亜坂はそれを確かめた。「第一興信所北関東支社」と刷られた名刺には、佃庄《つくだしょう》一《いち》の名前とともに栃木県宇都宮市の番地が添えられていた。

「佃さんはここでなにを?」

亜坂は相手の身元にわずかながらの驚きを覚えた。

「いえないね。任意の事情聴取にも対応できない。守秘義務だといっただろ」

佃の言葉から、亜坂は事情をうっすらと理解した。佃が本当に興信所の調査員であれば、辻あいりを追っていた可能性が高くなる。だが問題は、現在もそれを続けている理由だ。

「辻あいりさんが甲だったんですね」

亜坂は興信所特有の言い回しでカマをかけることにした。彼らの調べは対象者を甲と称する。そして浮気調査などでは愛人などが乙だ。別の愛人がさらにいる場合は丙。いわゆる探偵特有の言い回しだ。

「クロについては、まだ出ていないみたいですね」

クロとは、探偵用語で捜査の結果を意味する。仮に佃が辻あいりを張り込んでいたとしよう。だが、ここにこうして車を停めているということは、まだ辻あいりが暮らしていた空き家まで把握していなかったことになる。

「辻あいりさんは亡くなりました」

「なんだって?」

亜坂の誘い水に佃が声を上げた。その一言で、佃が田中太郎と名乗った人物であり、辻あいりを未《いま》だに追っていたのだと亜坂は理解した。となれば、佃が殺害犯である可能性は薄い。犯人が犯行現場近くに車を停めていたりしないだろう。亜坂の脳裏には別の可能性がかすめた。

「殺害されたんですよ。そして佃さん、あなたは辻あいりさんの『宅』を追っていたんですよね。となると、捜査の対象としては重要な参考人になります。六本木のクラブにも顔を出していたでしょう？」

宅とは、探偵の言い回しで所在地。亜坂の言葉は相手を追いつめることもできると、ほのめかしたものだ。令状を取れば、佃を容疑者として拘束できると伝えたのだ。

むろん佃は今の言葉に考えるだろう。物的証拠も状況証拠も不確かだ。そもそも辻あいりの暮らしていた空き家さえ把握できていなかったのだ。検挙するには根拠がなさ過ぎる。

そこで佃は理解する。亜坂が述べているのは捜査に対するバーターだと。お互い分かる範囲、話せる範囲を提供し合いましょう。その申し出なのだと。佃の仕事は、まだ終わっていない。でなければ、こんな時間に宇都宮からここまできて辻あいりを張り込むことはないのだから。

「甲を探していたんだ」

佃の言葉は辻あいりを指していた。

「甲が七百十円を確かめていたと店で聞いた。しかしピンとくる駅がなかった。それで小銭が示していたのは鉄道とバスの運賃じゃないかと。それからは候補地を潰していった。一月前にここを含めた数カ所に絞られた段階となったんだ。後は定期的に張り込んでいた」

佃はある程度、辻あいりの居場所を絞り込んでいた。となると、仮に佃が捜査の中間報告をしていれば、報告を受けた相手は辻あいりの居場所を突き止め、殺害に及ぶことも可能だ。では佃の捜査の手順はどうだったのか。

「辻あいりさんが六本木のクラブに勤めていると聞いたのは誰からですか」

「クライアントだよ。そいつの知り合いが、たまたま六本木の店に行ったら、しってい る顔とよく似た女を見かけた。知り合いは事情を理解していたから、その話をクライアントに伝えてくれたそうだ」

「事情というのは？」

佃の説明は亜坂が考えていた内容に近かった。おそらく佃は、仕事で辻あいりを捜していただけだろう。しかしクライアントは別だ。仕事を依頼した以上、理由がある。佃はしばらくこちらを見つめていた。どこまで語るか躊躇しているらしい。

「ノーコメント。捜すように依頼されたとしかいえない」

「依頼者は、ずっと彼女を捜していたんですか」

「六年近くになるそうだ。栃木から逃げ出したので、個人的に行方を捜してたってよ」

「すると、辻あいりさんは栃木の出身なんですね」

「鹿沼《かぬま》だ」

佃の言葉に、亜坂は栃木の地図を脳裏に描いた。なぜ宇都宮の興信所が調べにきていたか理解できた。鹿沼は東北自動車道を北上した先、宇都宮にほど近い。辻あいりの出身地なら、佃の勤める興信所に誰かの依頼があっても不自然ではない。

不意に不定型な蚊柱が脳裏でうごめいた。羽音を感じながら亜坂の脳裏には答が浮かんでいた。六本木の情報を東京ではなく、宇都宮の興信所に調べさせたのは、地理的条件があってだ。辻あいりを捜していたクライアントは東京ではなく、その近辺にいるのではないか。だから宇都宮の興信所に仕事を頼んだ。

依頼の経緯は、ありふれていたのかもしれない。六本木の情報があり、それを手近な興信所に持ち込んだ。ただクライアントの依頼と辻あいりの必死の逃走にギャップを感じる。その落差になにかがありそうに思えた。

いずれにせよ、辻あいりが逃れようとした過去は鹿沼だった。正しくは鹿沼から逃げ出す理由を作った依頼者。おそらく男だろう。

「逃走した辻あいりさんの調査依頼があなたの会社に入った。あなたは仕事の経過を報告したのですか」

佃は首を振った。

「いや。依頼があったのは数ヶ月前だ。それで俺は、宇都宮と東京を何度も行き来する羽目になった。だが、まだ報告できる段階ではなかった」

佃が中間報告をしていなかったならば、クライアントが辻あいりの居場所をつかみ、殺害に及ぶことは不可能となる。亜坂はどこか歯車が食い違っている思いを抱いた。

「辻あいりさんを六年近くも捜していたのは、彼女の過去に関係する人ですね?」

佃はいいよどんだ様子で黙った。依頼の詳細について、どこまで話すか、逡巡《しゅんじゅん》しているのが見て取れた。

「甲が死んだというのは本当か?」

亜坂はうなずいた。佃は考え込んでいる。なにかを計算しているふうに思えた。

「俺も元警官なんだ。この後、報告書類を仕上げなきゃなんねえ。厄介なことは分かるよな」

佃がおもねるような表情を見せながら続けた。

「殺害状況はどんなだったんだ? 犯人の目星は? 教えてくれたら、ある程度は話してやるよ」

亜坂は空き家の場所を伝えた。いずれマスコミを通じて分かることだ。佃はすでに自身の身元を明らかにしている。乗っている車のナンバーも把握されたと理解しているはずだ。逃げ隠れすることも、さらになんらかの面倒を起こすこともないだろう。佃は仕事で辻あいりを捜していただけなのだ。

「クライアントが甲の居場所を捜していた理由は、事情が変わったからだ。六年の間に。だから、プロの俺たちに依頼があった」

「クライアントというのは、辻さんの夫ですか？」

「お前、クライアントが甲を殺したのではないかと考えているだろ。だが、そもそも相手には甲を殺す理由はないんだ」

　佃は亜坂の脳裏を推し量るように告げた。

「いいか、辻あいりは、まだ辻あいりじゃない。そうなるにはもうしばらくかかる。手続きがいるからな」

「辻あいりになる手続き？」

「辻あいりは甲の旧姓だ。現時点ではまだ梅原《うめばら》あいりだ」

「つまり、辻あいりさんは結婚していたんですね。その相手が彼女を捜していた？」

「奴には甲を殺す理由なんかないんだ。だから俺が仕事をしているんだよ」

「なぜです？　事情が変わったというのはなんのことです？」

「離婚だよ。六年の間にクライアントには新しい女ができた。そうとう入れ上げてるみたいだな。だが、まだ甲とは籍が入ったままだ。それを解消したいから、居所を見つけて話を付けるのが俺の仕事だった」
佃の説明で亜坂は理解した。辻あいりの夫である梅原某は、彼女を連れ戻したいのではなかった。彼女と縁を切りたかったのだ。脳裏に辻あいりの頭にあった脱毛部が浮かんだ。過去からの痕跡であるあれは、今の説明によると夫による暴力ではないのか。いかに彼女の夫が身勝手なのか理解できた。

おそらく当初は、ストーカーのように彼女を追っていたに違いない。辻あいりの逃走からも、その事実が分かる。しかし逃走先は分からず、やがて六年の歳月の間に梅原の状況は変わったのだ。

一方、住民票も移さず、携帯電話さえ使わず、勤める風俗店を転々としていた辻あいり。娘と夜の闇に隠れることを続けた母親。過去との連絡を絶った彼女は、状況が著しく変化していることを把握できなかった。ただ、これまで通りに逃げることに精一杯だったのだ。

「辻いつきちゃんは、梅原さんとの間にできた子供なんですか。いつきちゃんは梅原さんとの戸籍には記載されていますか」

亜坂は佃に確認した。佃が疲れた顔で見つめてきた。

「甲に子供がいたのか？　そりゃ、居所をしられたくないと考えるのは当然だな」

どうして辻あいりが夫から逃げていたかの想像がついた。いつきは二人の戸籍には存在していないのだ。その事実が示しているのは、辻いつきが無戸籍児ということだった。

「あんた、警官を続けるのが楽しいかい。だったら恵まれてるんだな」

佃はそう前置きすると続けた。

「それで甲はどこで、どんな死に方をした？　報告書に付け足す必要があるんだが」

佃の言葉は、すでに辻あいりが過去の存在であるふうだった。過去から逃れ、逃げきれずに過去に封印されてしまった女。興信所の調査員にとって、辻あいりはもはや報告書の紙片に記載される文字に過ぎないようだった。亜坂は佃に話せる範囲を告げた。

七

翌朝、理沙を保育園に送ると、亜坂は捜査会議の前に佃から聞き込んだ情報を報告しておいた。そこから捜査本部は、栃木県警を通じて、辻あいりの身元の確認に入っているはずだ。

会議が始まるのを待っていると、土橋が講堂に入ってきた。亜坂の隣に座ったが、眠そうな顔をしている。昨夜、遅かったせいだろう。亜坂は口を開いた。

「いつきちゃんの件ですが」

亜坂の言葉の半ばで土橋が告げた。

「調べが進んだのか？　なんとかしたそうな顔になってるが」

土橋が続けようとしたとき、講堂にトップ陣が現れ、前列のひな壇に座った。中上管理官が口火を切った。

「被害者の身元が判明した様子だ。旧姓が辻あいり、入籍後の名は梅原あいり。栃木県鹿沼出身の二十代。現在、栃木県警に身元の確認を依頼している。同時に、梅原あいりの夫に聴取するため、捜査員を現地に派遣した」

土橋が亜坂にうなずくと、管理官の言葉を待つように前方に視線を定めた。亜坂は会議の開始のために、土橋への報告は後回しにした。

「被害者、梅原あいりは、なんらかの事情でそれまで暮らしていた鹿沼から失踪したらしい。夫は被害者の居場所の特定を興信所に依頼していたが、現時点でまだ報告はなされていなかった。つまり、居場所が判明する前に、被害者は殺害されたことになる。結果、梅原あいりの殺害に、夫が関与している可能性は薄いようだ」

亜坂の報告を受けた管理官の言葉だった。

「それではまず鑑識から報告を頼む」

岸本が立ち上がると話し始めた。

「捜査員の情報から、殺害現場近隣の空き家を調べたところ、被害者の指紋と遺留品であるバッグにあった幼児の指紋が検出されました」

「つまり梅原あいりは、その空き家で子供と暮らしていたんだな」

中上の問いに岸本はうなずいた。

「遺体に妊娠線があった点から、幼児は被害者の娘であろうと推定されます。幼児については、被害を受けた模様ではありません。現在、行政の保護下にあります。氏名は辻いつき、年齢は五歳です。しかし空き家で検出されたその他の指紋は、殺害現場のものと一致せず、犯人が出入りした形跡はうかがえませんでした」

岸本の言葉は、犯人が梅原あいりの暮らしていた空き家に関わらなかったことを示している。そして、現場の潜在指紋から犯人の手がかりをつかむことが困難であることも含んでいる。

「今、報告があった辻いつきちゃんだが、梅原あいりと夫との戸籍には記載されていないらしい。つまり夫婦の子供でないか、あるいはなんらかの理由で出生を届け出なかったことになる」

管理官は辻いつきが無戸籍児であることを告げた。

「凶器は？」

中上の問いに、岸本は首を振った。

「残念ながら、現時点では発見に至っていません。鑑識捜査は続行中です」

岸本の言葉は、昨日一日の鑑識捜査の結果はそこまでだということを意味していた。

「聞き込みについて報告してくれ」

中上の指示で、垣内が立ち上がった。

「現場周辺の不審者、不審車両について調べを進めていますが、雑木林を抜ける道のために防犯カメラがなく、殺害時の記録はあがっていません。近隣に設置されていたものを探しましたが、いずれも殺害現場から距離があり、敷地内に向けられていたため、同様です」

「Nシステムは?」

「住宅街の奥となる公道が現場ですが、三メートル幅の生活道路で、Nシステムは少し離れた幹線道路にしか設置されていませんでした。犯行時刻前後の記録は洗い出しました。現在、その精査を進めていますが、主に日中のものは商用車、夜間は近隣住民のものので数が限られています。現時点で怪しい車は浮上していません」

垣内の言葉は、要するに誰もなにも見ていなかったという意味になる。中上は渋い顔になった。

「遺留物の方は?」

その質問に、捜査員の一人が立ち上がった。

「鑑識から報告のあった羊毛の繊維を調べています。科捜研からの連絡では、繊維は純粋なウールと判明していますが、それがなにに使われたものかは特定できていません。また、下足痕と思われるスポーツシューズについても、大量に出回っているために、まだ潰し切れていません」

報告のどれもが遅々として捜査が進まないことを語っていた。中上は報告に首の後ろを掻《か》いた。

「犯人は、車を足にしていないように思えるな。それに遺体発見時の様子から、物取り、暴行目的の線は薄いようだ」

中上にしては珍しく、確実な証拠による言葉ではなく、推理による発言だった。それだけ捜査が難しいと考えていることが理解できた。ただし示唆した内容は、犯人が徒歩で犯行現場に向かった可能性があると告げている。つまり、近隣の人間が怪しいと考えているのだ。中上は続けた。

「犯人は遺体に〈てれすけ〉と文字を刻んでいる。諸君はそれを覚えておいてくれ。絶対ではないが、この文字は犯行と関係している可能性がある」

そこで中上はしばらく考え込んだ。そしておもむろに口を開いた。

「K署管轄内では最近、不審な事件が連続していた。時系列にすると小学校での飼育動物の盗難、家屋のボヤ、下水道での爆発、そして今回の殺害だ。内容については、後ほどペーパーを配る」

そこで言葉を切った中上は、椅子に座る亜坂と土橋の方に視線を送った。

「今、伝えた事件現場にはいずれも言葉が残されている。〈先生〉、〈ねぼすけ〉、〈おこりんぼ〉、そして〈てれすけ〉だ」

中上はそこで説明を終えた。最後の言葉は事実だけを告げている。しかし、事件現場に残されていた言葉が、いずれも梅原あいりの殺害と関連しているのではないかと捜査員は理解したはずだ。

「ここまでの調べから、捜査方針を以下とする。まず被害者の身元は割れた。そちらに向けていた人員は、現場捜査に振り分ける。不審人物と車両の聞き込みの継続だ。加えて連続している事件の調べも進めてくれ。まず小学校については以下」

中上は本庁とK署の捜査員の名を告げた。

「続いて家屋のボヤと下水道の爆発について、下記のメンバー」

中上はさらに人員を告げた。

「最後の殺害現場周辺に関しては、これから述べる人員とする。遺留品の割り出しについては、前回と同様のメンバーで当たってくれ」

中上が述べた人員の中に、亜坂と土橋の名はなかった。二人はまだ遊軍の立場にいるらしい。

隣の土橋を見やると、かすかに口元を緩めている。おそらくつかんでいる情報を、まだ詳しく報告していないのだ。

「以上だ。次の捜査会議は翌朝、八時とする」

亜坂は講堂を出ると、駐車していた署の車に向かった。足を気遣うように土橋が続いている。

「どう捜査を進めますか。我々はまだ遊軍のようですけど」

亜坂の問いに、助手席に乗り込みながら土橋が告げた。

「ニゴリ、レモンパイってのはうまいな。だがアップルパイも捨てがたい。またご馳走《ちそう》してくれ」

土橋がつぶやきながら視線を送ってきた。

「このシーズンは、リンゴが出荷されるまでしばらくあります。うちにはもうシロップに漬けたのはないですから、少し待ってください。新しいのを煮詰めておかないと」

「別のパイでもいいぞ。お前は他にもいろいろ作れるのか」

亜坂はうなずいた。土橋が包み紙をむいたガムを口に放り込む。

「さて、リンゴ同様に証拠が品切れなのは理解できるよな。そんな場合、どうするか」

「池ですね。現場に戻って調べ直す。ですが、一連の事件が関係あるとなると、池はいくつもありますが」

「人間は時間のお守《も》り役に時計を作ったっていっただろ」

「時系列に沿って洗い直すんですね。つまり、もっとも最初の現場」

亜坂は小学校に向けて車を走らせた。いつきのことが脳裏に浮かんだ。

「先ほど、会議でも触れられていましたが、いつきちゃんは無戸籍児です」

「梅原あいりは、いつきちゃんが生まれてから十四日以内に届出をしなかったんだな。できなかったか、あるいはするのが怖かったか」

「おそらく後者と思います。梅原あいりは夫のＤＶから逃れるために鹿沼を出て、六本木に隠れた。届出をすれば、抜けていない戸籍に記載されると考えたのでしょう」

「東京で産んだとなると、妊娠と同時に逃走したか、別の男が父親とも考えられるな」

――内緒の子供。

　いつきの言葉が脳裏をよぎった。いつきが無口で、頼る相手がいなかった点が理解できた。梅原あいりは、娘の存在を隠したかったのだ。そのためにいつきは、世の中にいない子供となった。

　しかし無戸籍であることは、法や社会の外にいることとなる。それは大海をボートで漂流しているのと変わらない。小舟では、いろいろな波を乗り越えることは困難なのだ。

「戸籍がなければ住民票ができない。住民票がなければ、役所から就学通知がこないため、義務教育が受けられない」

土橋が告げた。いつきが理沙に小学校について質問したのもそこからだ。いきたくてもいけないのだ。ただ憧れることしかできない。

「無戸籍で住民票がないなら、健康保険証もない」

シラミに嚙《か》まれても、医者に見せることができなかったのだ。無保険の診察は全額負担。金に困っていた母親の梅原あいりは、子供に治療を受けさせることができなかったのだろう。

さらに健康診断、予防注射といった行政サービスも、いつきは受けられない。虫歯になっても我慢していなければならないのだ。

「このままいつきちゃんが育って、成人したとする。選挙権がないのも問題だが、それ以上に日常生活が大変だ。銀行口座が設けられず、携帯電話の契約もできない。身分証明書が一切なく、就労も困難だ。パスポートも作れず、結婚や出産にも支障をきたす」

土橋の言葉は正しい。ばかりか、まともな教育を受けずに成人したいつきには、一般的な常識が備わらないだろう。最低限の知識は母親から吸収できても、なんらかの救済を行政に願い出たり、どう手続きするかが分からず、そもそも公的文書を書くことすらできないはずだ。

結果、待ち受けているのは貧困となる。それに関連する暴力と病。そういった負の連鎖から抜け出せずに、いつきは生きていくことになる。母親が逃れようとしていた葛藤の中に巻き込まれたままとなるのだ。

その原因は、直接的には辻あいりの夫である梅原から起因する。しかし、糾弾すべきは梅原個人なのだろうか。そもそもこの社会に抜け落ちている、なにかがあるからなのか。亜坂にはその解答が脳裏に浮かばなかった。

「なにを、どうしてあげればいいんですか」

「さて、その方面に関しては、我々よりも児童養護施設の人間が詳しいな」

「チャプレンですね」

亜坂は、戸籍を持たない人間に初めて接した。救いの手を差し伸べるにも、対応がまったく頭に浮かばなかった。となれば、土橋の言葉のように、専門家に相談するのが一番だろう。

車はすぐに小学校に着いた。フロントガラスの向こうに、旧住宅街と新住宅街の端境を示すようにマンションがうかがえた。

正門前の舗道に車を停《と》めると、亜坂と土橋は校内に入った。授業中らしく、グラウンドに人影はなかった。校舎からも騒ぎ声は聞こえてこない。

二人はそのまま裏手へと回った。前回訪れたときと同様に、金網造りの飼育スペースと対した。中では五羽ほどのウサギが、しきりに葉野菜を咀嚼《そしゃく》していた。

小学校の担当を指示された捜査員は見当たらなかった。近辺の聞き込みに回っているらしい。亜坂は土橋に尋ねた。

「なにから調べますか」

土橋は飼育スペースをぐるりと見回した。三ヶ月も前の事件だ。その後、生徒や用務員などが出入りしただろう。現場は荒らされている。鑑識が調べても、指紋や下足痕は期待できそうにない。

「相手はどこから見ていたんだろうな」

昨夜、土橋が示唆した内容だった。もし犯人が愉快犯だとすれば、騒ぎをどこかから眺めていたに違いない。その場所を特定する手がかりを得ようと土橋は告げている。

亜坂は、小学校の裏手と外部を区切るフェンス越しに辺りを見回した。前回同様に、視界に入るのは戸建ての住宅ばかりだ。目に留まるのは、ブロック塀に囲まれた旧住居群。防犯カメラらしいものは見受けられない。

正門側には、少し離れた位置にマンションがそびえているが、防犯カメラを設置していたとしても校舎裏の飼育スペースをとらえるのは不可能だ。

「目視していたんでしょうか」

防犯カメラがないならば、人目につかないどこかから騒ぎをうかがっていた可能性がある。だが、校舎の裏手は道路をはさんで住宅ばかりだ。ブロック塀が続き、隠れられるような物陰はない。

「例えば、この近辺の家屋からそっと覗《のぞ》いていたとか」

「それなら今回の聞き込みで浮上するだろう。だが、浮上しない場合は？」

土橋は、防犯カメラの死角を選んで犯行に及んだ犯人の慎重さを告げた。つまり相手は、簡単に尻尾《しっぽ》をつかまれるような挙に出るとは思えないということだ。

「なにか手があったのは確かだ」

亜坂はその言葉をメモした。そして土橋の言葉に手がかりを求めようと、視線をフェンスの向こうに凝らした。家屋がはさむ道路をライトバンが一台、通り過ぎていく。〈サンポー電器〉と横腹に綴《つづ》られている。町内役員の男が話していた近隣の電器屋だ。

「車中から様子を見ていたと考えられますか」

土橋が首を振った。確かにそうだ。犯人が車を用いた形跡はない。仮にそうだとすれば、不審車に関する情報が寄せられていたはずだ。花火の際は、騒ぎがちゃんと伝聞されている。旧住民は、近隣に目配りをしているのだ。

「ビデオカメラかなにかをどこかに設置していて、それを後から回収して騒ぎを確かめていた線はどうでしょうか」

「梅原あいりが殺害されたのは、一昨日の深夜。発見されてすぐ捜査員が現場に入り、現在は厳重な警戒態勢となっている。犯人がその手で騒ぎを楽しんでいたとしたら、今回は回収が困難になるんじゃないか」

土橋は否定的だった。確かに殺害現場は雑木林だ。なんらかの記録装置を設置していたなら、かなり近くでなければ録画は難しい。しかも現場にそんな記録装置が残されていたとの情報は鑑識から上がっていない。

——八方ふさがりか。

そのとき、地面に視線を落とした土橋が告げた。

「どうしてウサギを盗んでおいて、逃がしたんだ？」

土橋は〈先生〉と書き残されていた辺りを見つめている。確かに奇妙な行為だ。通常、動物に対する犯罪は、虐待がほとんどだ。だが今回は、檻《おり》の中のウサギを自由の身にしてやっただけだ。

「それが〈先生〉の意味でしょうか。とすれば博愛主義者、あるいは正義の使者とでもいいたいのでしょうか。しかしそれでは、その他の事件と合致しません」

土橋も同様の矛盾を覚えているようだ。

「〈先生〉、〈ねぼすけ〉、〈おこりんぼ〉、〈てれすけ〉。この四つは人間に対するあだ名なのかな」

土橋は、金網の中で口を動かしているウサギを見つめながらつぶやいた。こちらも昨夜、口にしていた疑問だった。

「もしあだ名だったとしたら、どんな味がする？」

事件は四回、象を撫《な》でたのは四人。そしてそれぞれに異なる四つの感想を述べた。落書きとして。しかし、そこには共通するなにかがある。つまり犯人の意図だ。土橋はそう考えている。

亜坂の脳裏に黒い粒子が浮上した。粒子はゆっくりと、しかし規則正しく円を描いて回転している。一定のスピードで同じ軌跡を。

——時計のような動きだな。

粒子の運動にそんな感想を抱き、ある推理が浮かんだ。そもそもこのウサギ小屋にきたのも、消防署でゴミ屋敷について聞き込んだ後、「動く時計の針は回る」と述べた土橋の言葉からだ。

「四つとは限らないかもしれません。まだ我々が知見できていない事件があるのかも」

「なるほど。これ以前にもなにかやっていた可能性があるわけか。あるいは、これからなにかが起こるとすれば、あだ名は五つ以上になるわけだ」

粒子が消えた。五つ以上となる、あだ名のような言葉。それらに共通するなにか。亜坂は喉が渇いたような感覚を覚えた。じりじりと焼ける砂漠に素足で立ちながら、どちらへ向かえばよいのか分からないもどかしさ。

「どうしてウサギを盗んだんだろうな。ニゴリ、どう思う？」

土橋の言葉は、他にも騒ぎになる事件を起こすことができたと告げている。確かに動物を虐待する事件は日常的に起こっている。となれば野良猫を殺して回ったり、鳥を撃ち落とす騒ぎでもいいはずだ。しかし犯人は、このウサギたちを標的にした。なぜか？

残念ながら喉の渇きのような思いは結論に結びつかなかった。

「ウサギっていえば、リンゴだよな」

土橋は考えるのに疲れたのか、つぶやいた。視線は金網の中の五羽に注がれている。ウサギといえばリンゴ、個人的な経験による言葉なのだろう。

土橋が落書きから空き家の一室を子供部屋と断定したのも、個人的な経験だった。その体験は時代と併走している。つまり土橋は、時代を捜査の足がかりにしているのだ。

「俺が子供だった頃、お袋は、遠足や運動会の弁当に必ずリンゴを一切れ入れてくれていた。弁当箱がアルマイトで、古新聞に包まれていた時代だ。巨人、大鵬《たいほう》、玉子焼きって聞いたことがあるか」

亜坂は土橋の食にまつわる環境を思い返した。豚肉の揚げ物をトンカツでもシュニッツェルでもなく、ポークカツレツとする土橋。チキングリルの付け合わせには温野菜。そんな食に親しんでいた土橋の、デザートとしての楽しみがリンゴだったのだ。

「弁当箱の隅のリンゴは、決まって皮を飾るようにむかれ、ウサギの耳のようになっていた。だから俺には、ウサギといえばリンゴなんだと刷り込まれてる」

「私も理沙のお弁当に添えますよ」

土橋が微笑《ほほえ》んだ。

「俺は、弁当に入っている甘酸っぱいリンゴに、ウサギに対する愛情を覚えた。だけど、この犯人は、本当にウサギを可哀想《かわいそう》だと思ったんだろうか」

事件の対象にウサギを選んだこと自体に、土橋は嫌悪感があるのだ。その意味することは、犯人が土橋の世代の人間ではない。少なくともその影響を受けている人物ではないと告げていた。

「小さく、弱い動物だぜ。事件の道具に使うのは卑劣だと思わないか」

土橋の言葉が亜坂の脳裏に、再び黒い粒子を浮上させた。粒子はなにかを呼び集めるようにさざめいている。今までの情報、メモに記した内容がよぎった。それがゆっくりとひとつに結晶していく。

――ウサギといえばリンゴ。

土橋の言葉から想起される内容が、脳裏に浮上した。思わず亜坂は叫んでいた。

「土橋さん、リンゴですよ」

粒子が消えた亜坂の脳裏に浮かんだ内容は、ひとつの筋となって連なっていた。

「いつきちゃんは、理沙に教会で見た映画について話しました。図書館でグリム童話を読んでいて」

「教会のお話会のことだな」

「チャプレンの鍛冶は、教会で布教後のお楽しみにビデオを上映することがあるといってました。もしそれが、ディズニーの子供向けのアニメだったら」

「なんのことだ」

「毒リンゴですよ。グリム童話の白雪姫。今、調べてみます」

亜坂は携帯電話でネットに接続した。そして、てれすけ、アニメ、と検索用語を打ち込んだ。

「出ました」

ディスプレイには、ネットによる情報が掲示されていた。そこに二人が探していた、あだ名を思わせる単語が並んでいる。

ドック＝先生
スリーピー＝ねぼすけ
グランピー＝おこりんぼ
バッシュフル＝てれすけ
ハッピー＝ごきげん

スニージー＝くしゃみ
ドーピー＝おとぼけ
「七人のこびとです。白雪姫に出てくる、こびとのあだ名だったんですよ」

「あだ名は七つあるのか」

「犯人は近隣の人間で、梅原あいりが近くに暮らしていることをしっていたはずです。そして七人のこびとのあだ名も。そんな人間はそう多くはありません」

「ああ。そして四つの事件以外にも、あだ名がまだ三つ残されていることになる」

土橋は告げながらすでに歩き出していた。不自由な足を懸命に動かして正門へと急いでいる。亜坂は思わず口走った。

「土橋さん、走らないでくださいよ。教会はすぐ近くです。車なら数分で到着します」

しかし、土橋の形相は憤怒《ふんぬ》で赤く染まっていた。犯人を追う猟犬の血がたぎっているのだ。なんとか助手席に乗り込んだ土橋はダッシュボードを叩《たた》いた。まるで、そうすれば車が駆け出すといわんばかりの仕草だった。

「相手が次になにを起こすかは分からない。だが、殺人を犯した人間のすぐそばに、いつきちゃんを置いておくわけにはいかない。極めて危険だ」

亜坂は車を急発進させた。

「応援を要請しますか」

ハンドルを握りながら亜坂は尋ねた。

「そんな暇はない。とにかく教会へ急ぐんだ」

小学校の道を戻り、コンビニがある坂を車が疾走した。制限速度を度外視した運転で、車はあっという間に教会の前に到着した。急ブレーキを踏み、タイヤが悲鳴を上げると同時に亜坂は運転席から飛び出した。

チャペルに向かわず、前庭の芝を蹴って教会の裏手へ回る。隣接する木造の家屋に、ガラス戸がふたつ並んでいる。先日、チャプレンの鍛冶から聞いた児童室は左だ。その戸を激しい勢いで開いた。

「いつきちゃん」

亜坂は叫んだ。中には誰もいなかった。畳が敷かれた十畳ほどの和室。隅に小さな布団が畳まれている。

立っている三和土《たたき》に視線を走らせた。いつきの靴はなかった。再び室内に目をやった。星の柄のポシェットもない。

——いつきちゃんが消えた。

そのとき、和室と食堂を結ぶドアが音を立て、チャプレンの鍛冶が顔を覗かせた。三和土で茫然《ぼうぜん》とたたずむ亜坂に視線をやると、怪訝《けげん》な様子で尋ねてくる。

「亜坂さん、どうかしたんですか」

「いつきちゃんをどこへやった」

亜坂は再び叫んでいた。叫びと同時に土橋が亜坂の背後に到着した。荒い息をして、足が痛むのか手のひらを腿《もも》に当てている。

「どこって、ここですが」

鍛冶が背後を振り返った。亜坂は靴を脱ぎ捨てると、ドアへ走った。そして鍛冶を押しのけると、食堂に視線をやった。

食堂のパイプ椅子に、靴を履いたままのいつきが座っていた。前にしたテーブルにカップが置かれている。

亜坂の肩から力が抜けた。体のどこかに穴でも開いたような溜息《ためいき》が漏れた。拍子抜けするほど温和な状況だった。いつきに危険が及んでいるとは思えない様子だった。背後でやりとりを耳にしていた土橋が、食堂側のガラス戸を開くと中へ入っていく。亜坂も靴を履き直すと続いた。いつきは亜坂と土橋を認めると笑みを浮かべた。

「理沙ちゃんのパパ、理沙ちゃんは遊びにきてくれる?」

亜坂は虚脱し、ただうなずいた。土橋がパイプ椅子に腰かけると、口を開いた。

「いつきちゃん、なにを飲んでいるのですか」

「ミルク。甘くておいしい。それに大きくなれるの」

答を聞き、土橋は微笑みを浮かべた。

「いつきちゃん、ここは怖くないですね」

いつきはうなずいた。土橋は鍛冶に顔を返した。

「チャプレン、てれすけって言葉をご存じですか？」

「てれすけ？」

鍛冶は土橋の問いに、怪訝な様子で尋ね返した。

「ここで、子供向けのディズニーの映画を上映しましたよね」

しばらく考え込んでいた鍛冶が、思いついたように顔を上げた。

「ああ、こびとのあだ名ですね。白雪姫に出てくるバッシュフル、はにかみやとか内気って意味の。確かにてれすけだ」

土橋が視線を送ってきた。犯人がチャプレンではないと理解した様子だった。土橋の質問は、相手に対して一連の落書きの意味が判明したと匂わせたものだった。しかし質問に対して、鍛冶は特別な反応を示さなかった。

それに鍛冶がもし犯人だとすると、殺害した相手の娘と接している様子が自然すぎるように思える。なにより刑事が二人、飛び込んできたのだ。なんらかの咄嗟《とっさ》の反応があってていいはずだ。七人のこびとから、一足飛びに鍛冶を犯人と考えたが、早計だったと亜坂は実感した。

「てれすけが、どうかしたのですか？」

　鍛治が再び尋ねてきた。

「捜査に関係することなんですがね、ある現場に、てれすけと落書きが残されていたんですよ。なにか心当たりはありますか？」

　土橋が言葉を選びながら答えた。

「お二人は、あのアニメをご覧になりましたか」

　鍛治の言葉に、亜坂と土橋は首を振った。

「子供に見せるためのものですから、セリフは日本語の吹き替えです。字幕ではなくてね。ただアニメの中では、てれすけはシャイと呼ばれてましたよ」

　亜坂は尋ねた。

「登場人物の誰も、てれすけと口にしていないのですか？」

「ええ。こびとの小屋にあるベッドに、英文で七人それぞれの名前が刻まれているんですが、バッシュフルが登場するのはそのときぐらいでした。だから私もてれすけといわれて、すぐに分かりませんでしたよ」

「なのにチャプレンはなぜ、こびとの名前を覚えていたんですか？」

「ちょっと、つまらない連想をしたんですよ。だから覚えていたんです。出てくるのが七人のこびとでしょ」

「連想というと？」

「我々の教えの中に、大罪とされるものが七つあるんです。高慢、強欲、色欲、怒り、大食、ねたみ、怠惰。いわゆる七つの大罪です」

「つまり、七人のこびとのあだ名から、チャプレンは七つの大罪を連想した？」

「劇中で白雪姫が訪れたこびとの小屋は、蜘蛛《くも》の巣だらけでね。それで白雪姫は掃除をしたり、汚れた皿を洗ったり衣類を洗濯したりするんです。そして食事を用意する。するとこびとたちはそれに飛びつこうとした。そして白雪姫に怒られるんです。食事の前は手を洗いなさいと。どことなく、我々の教えに近い感じがするでしょ？」

かすかに笑いながら鍛冶が告げた。亜坂は質問を重ねた。

「実は、現場には他に、先生、ねぼすけ、おこりんぼと落書きが残されていたんです。英語だと、ドック、スリーピー、グランピーとなりますが、それぞれ七つの大罪にあてはまると思いますか？」

「そうですね。まずドック、先生というあだ名のこびとは、七人のボスとして振る舞っていました。そういう意味では高慢ですかね。ねぼすけは分かりやすい。怠惰ってことになりますね」

亜坂は改めて携帯電話で先ほどの掲示を確かめた。先生＝ドック、ねぼすけ＝スリーピー、おこりんぼ＝グランピー、てれすけ＝バッシュフル、ごきげん＝ハッピー、くしゃみ＝スニージー、おとぼけ＝ドーピー。

例えば梅原あいりの遺体に残された傷、てれすけ＝バッシュフルは恥ずかしいという意味なら色欲となる。こちらはおそらく梅原あいりの職業に関してだろう。そしてゴミ屋敷への放火は、ずばり怠惰な相手に対するものだ。

亜坂は犯人が残した落書きの意図を、おぼろげながら理解した。犯人は、七つの大罪になぞらえて事件を起こしたのだ。とすれば、おこりんぼ＝グランピーは下水道の爆発を怒りと表現したのだろうか。

亜坂は手にしていた携帯電話で、もっとも聞き慣れないグランピーを検索した。語源となるGrumpに遠雷が轟《とどろ》くという意味があった。これなら下水道での爆発と合致する。

「上映会にきたのは誰ですか？」

鍛治が犯人でなければ、誰か。七人のこびとを七つの大罪と結びつけたとすれば、映画を見ていた人間の中にいる可能性がある。

「あのとき、お話会にきていたのは、いつきちゃんのところ以外に母子《おやこ》が二組。それから信者の引率で子供が数名。食事にくるお婆《ばあ》さんもいましたね。あとは教会のスタッフといったところですか」

鍛冶は当時の様子を思いだしながら答えた。

「お話会で、てれすけとつぶやいた人はいなかった？」

「誰も。バッシュフルをてれすけと訳せるなら、かなり語学に堪能な人間でしょう。スタッフも含めて、あの場にはそんな人はいなかったと思いますよ。なかなか上手な翻訳ですものね」

亜坂は鍛治の説明に考え込んだ。確かにてれすけの落書きをバッシュフルと結びつけるのは、それなりの知識が必要だろう。ここまでの説明が嘘《うそ》でなければ、犯人は教会に関係している人物ではないことになる。

では、犯人の残した落書きは、映画とはまったく関係のないなにかなのか。それは疑問だった。先生、ねぼすけ、おこりんぼ、てれすけは、アニメの訳とは違うがいずれも白雪姫に出てくるこびとなのだ。偶然の一致にしては出来過ぎだ。

さらに疑問を覚える部分もあった。最初の小学校の落書き、先生＝ドックがひっかかった。学校の先生が高慢という意味なのか。

「檻《おり》で動物を飼うのは高慢といえますか？」

「なんのことです？」

「小学校で飼っていたウサギが盗まれたんです。ただウサギはその後、公園に逃がされていました」

鍛治は質問にしばらく考え込んだ。やがて不機嫌そうな面持ちになった。

「つまり、てれすけについてしっていた人間が疑わしいというのですね。亜坂さん、これまでの質問からすると、あなたは捜査している事件にクリスチャンが関係しているとお考えのようですね。その嫌疑を私は受け入れられません。なんとか晴らしたい。もう少し、相手の特徴を教えてくれますか」

「犯人は黒い衣装を着ていたらしいのです。ウールの毛織物の」

鍛冶がうなずいた。

「それはクリスチャンじゃありません。異端者です。カタリ派だ」

「カタリ派？」

「その昔、フランスのラングドック地方に深く根を下ろした異端者たち、カタリ派といわれる狂信者の集団があったんです。彼らは典礼の際に、黒いフードの付いた毛織物の外套《がいとう》を身にまといました。そして、制圧にきた教会側の人間と、血みどろの闘いを繰り広げました。彼らの最後の牙城《がじょう》といわれるのが、モンセギュールの砦《とりで》です。そこから彼らは火あぶりにされるのも恐れず、出撃していった。キリスト教史の中世における暗部です」

「どんな人々なんです？」

「彼らは極めて禁欲的な生活を義務としていました。日本でいう輪廻転生《りんねてんせい》に近い考えを持ち、来世で生まれ変わるかもしれない生物を殺すことは、現世の贖罪《しょくざい》の道程を断ち切ることと同じ、そうすることは贖罪が無に帰すと考えたのです」

「つまり生まれ変われないのですね。我々が捜しているのは、そんな特別な狂信者というのですか」

鍛治の説明に亜坂は焦りを感じた。輪廻転生を信じるなら、相手は自身の死さえ恐れていないことになる。亜坂は犯人の危険さに意識が及んでいた。

「カタリ派の教義は性的関係はもちろん、あらゆる動物性蛋白《たんぱく》を摂《と》るなというぐらい禁欲的だったそうです。理由の如何《いかん》を問わず、動物の殺生を禁じたぐらいです。そして彼らは自らの旨とする信仰に、極めて真摯でした。ニワトリ一羽を殺すより、すすんで火あぶりにされる方を選んだ」

「すると、動物を檻の中に閉じ込めることを高慢であるととらえてもおかしくない？」

「でしょうね。生まれ変わりが檻に閉じ込められているのですから。ただ、日本でカタリ派の詳細についてしっている人間は限られていると思いますよ、我々のような宗教関係者以外では。それに私と同様のクリスチャンは、カタリ派を異端としています。その教えに心酔していたなら、なおさら同胞ではない」

鍛治は、自らが所属する一般的なキリスト者について語った。その弁明の通り、おそらく相手は狂信者なのだ。そして、その信心を表に出すことはないだろう。明らかに歪《ゆが》んだ考えだからだ。そんな相手を、どう捜し出せばよいのか。亜坂は鍛治に尋ねた。

「こびとのあだ名はまだ三つ残っています。ハッピー＝ごきげん。スニージー＝くしゃみ。ドーピー＝おとぼけ。これらは七つの大罪のどれに当てはまると考えられますか」

「妬み、大食、強欲のことですね。待ってくださいよ」

鍛治はしばらく考え込んでいた。

「おとぼけ＝ドーピーは大食じゃないのかな。アニメではずっこけと呼ばれてましたけど、彼は劇中で石鹸《せっけん》一個を食べてしまうんですよ」

「ハッピーは？」

鍛治は首を振った。思い当たる部分がないらしい。亜坂は再び携帯電話を取り上げると、鍛治に尋ねた。

「スニージーの綴りが分かりますか？」

鍛治が述べたのはSneezy。亜坂が検索すると、くしゃみをする以外に、軽蔑する、鼻であしらうと掲示された。

「くしゃみなら鼻薬《はなぐすり》じゃないのか。いわゆる賄賂《わいろ》さ。つまり金銭欲、強欲を示しているんだろ」

土橋の言葉に鍛治はうなずいた。

「するとハッピーは妬みになりますね。カタリ派は、現世に対して否定的でした。つまり、この世の幸福を追求することは恵まれた者を嫉妬していることと同義だといいたいのかもしれません」

そこまで口にした鍛冶は、感心したような素振りで続けた。

「犯人は随分、語学に堪能ですね。それほど英語に強く、カタリ派についても専門家並みだとすると、文献だけではなく、実際、海外にいた経験があるんじゃないのですか」

いつきは大人たちの会話を黙って聞いていた。ミルクを口に運び、話が決着するのを待っているようだった。亜坂は迷った。

——この先、なにを手がかりに追いつめればよいのか。

そのヒントが脳裏に浮かばない。亜坂は土橋を見やった。するといつきが口を開いた。

「理沙ちゃん、今日、遊びにきてくれる？」

「夕方、連れてくるよ。それまで待っててね。なにか欲しいものはある？」

いつきは淋《さび》しそうに首を振った。

「お金ないから、いい」

人形のような表情だった。顔が硬くこわばり、視線が誰にも向けられていない。

「お母さん、いつ帰ってくるの？」

胸が痛んだ。いつきが今、一番ほしいものは、母親なのだ。亜坂はその問いに答えることができなかった。

「急いだもので少し疲れたな。車で休憩しよう」

教会を後にするため、助手席に乗り込んだ土橋が腕時計を確かめた。気が付くと昼を過ぎていた。

「だったらうちで休みましょう。昼食になにか作りますよ。リクエストはありますか」

土橋が微笑んだ。

「オムライスは作れるか。付け合わせは」

「温野菜ですね」

「マカロニサラダでもいいぞ」

うなずきながら亜坂は教会前から車を走らせた。自宅マンションの駐車場で車を降りると、土橋の歩調に合わせてゆっくりと部屋へと向かう。

気を付けなければいけない。亜坂は先ほどの反省を脳裏に浮かべていた。犯人をつかんだと考えたために、思わず浮き足立ってしまった。土橋の体調を考えれば、あの場合は応援を要請するか、単独で教会へ向かうべきだったのだ。

玄関に入り、リビングのソファを土橋に勧めると、亜坂はキッチンへ向かった。冷蔵庫から卵を取り出して、常温になるまでシンクの横に置いておく。冷凍していたライスもレンジで解凍し、熱を取る。

温野菜は、チキングリルを作った際の残りで充分だ。デミグラスソースは作り置きがある。まずフライパンで、じっくりと玉ねぎを炒《いた》め始めた。合間に卵をボウルでかき混ぜる。炒めた玉ねぎにバターとケチャップを混ぜた。ケチャップに熱を通し、酸味を幾分飛ばすと、ライスと刻んだハムを投入する。

料理に集中している間は、事件のことが忘れられる。脳裏が一新され、そのせいで改めて事件を再検証できる。亜坂は体験から、その手法を会得していた。つとめて料理に集中し、続く手順に取りかかった。

まだ関西に暮らしていた頃、母親や帰郷していた伯母《おば》の昌子に連れられて、あちこちの食べ歩きに同行した。その中の一軒の洋食屋で伝授された技だ。店主は料理に関心を示す高校生に、惜しげもなく秘訣《ひけつ》を教えてくれた。

「ええか、ぼん。中華のチャーハンはパラパラに仕上げるために、鍋から振り上げるやろ。そやけどオムライスは水分を飛ばしたら、うまない。スープのうまみをよく染み込ませるんや。そやからフライパンは前後に振る」

教えられた通りにライスがほどよく温まった。亜坂は別に熱していたフライパンにボウルから卵を流し込み、薄焼き卵を作った。そしてケチャップライスを包み込んだ。温まったデミグラスソースと温野菜を皿の横に添える。出来上がった二人分の皿とスプーンを盆に載せて、リビングに運んだ。

「懐かしいな。俺が子供の頃もオムライスといえば、こんな風に薄焼きの卵だった。この方が中のライスが楽しめる。どうして最近のは、どこもトロトロにこだわるんだろ」

つぶやきながら土橋はスプーンをオムライスに入れると一口、頰張った。

「うまい。難しくなくて、普通にうまい。それとソースが濃いな」

「土橋さんの年齢なら濃い味で育ったと思ったので、デミグラスは濃い目にしておきました。神戸の加納町《かのうちょう》のグリルSのデミグラスを真似《まね》たものです。神戸で一番ビターだと噂《うわさ》なんですよ」

「あっちにいた頃、料理の修業でもしていたのか」

「いいえ、母親や伯母に連れられて食べ歩きをしていただけです。ただ興味があったんでいろいろと教えを請いました」

「すると、このオムライスは神戸の味なのか」

「合体です。ケチャップライスの作り方は、大阪の西天満《にしてんま》にある洋食店、グリルKの流れを汲《く》むオムライスです。ただし調合は神戸の元町《もとまち》、Iの流儀です」

土橋は付け合わせの温野菜をスプーンに載せながら告げた。

「関西はいいな。子供の頃からの味がまだ楽しめるみたいだ」

「古くからの街ですからね。大阪は商いの、神戸は港の。街に昔からの人がそのまま暮らしているからでしょう。東京に比べて大いなる田舎《いなか》ですよ。人の出入りが少ない」

土橋はフォークを止めるとつぶやいた。

「東京はまるで違う。街がどんどん変わっていっちまう。山手線の駅をおりれば、よく分かる。おりた駅を出るたびに、前にきたときと全然違う街になってるんだ」

土橋の言葉に、亜坂は今回の事件の核心に近いなにかが感じられた。

「誰かがこの街で、なにかを起こそうとしています。先ほどチャプレンに聞いたような狂信的な考えを基盤に。犯人が街のことをよくしっているのは確かですよね。ただ、見知らぬ人が行き来し、様子が常に変化するこの東京で、なにを根拠に犯人を見つけ出せばいいのでしょうか」

「東京では時間の流れが速いんだな」

土橋はオムライスを平らげると、腕時計を確かめた。

「今、何時だ？」

「一時二分です」

壁の時計を改めた土橋が答えた。

「また二分遅れてる。俺にはこの時計の方が正しいのか、それとも東京の時間の流れの方が正しいのか、もう分からなくなっちまった」

土橋は溜息を漏らすと続けた。

「だがな、時間は風じゃないんだ。過ぎ去っていっても、残しているものがある」

亜坂は土橋の示唆していることが理解できずに次の言葉を待った。土橋の言葉は、続く捜査の方針であるはずなのだ。それを土橋は教えてくれようとしている。

「ニゴリ、記憶だよ。このオムライスは高校生だったお前が成人しても、ここにこうして同じ味で存在している。同じように、俺の記憶の中にも、子供の頃のご馳走の味は残っている」

やはり、時代についてだ。土橋は、今回の事件に関する記憶が、何らかの形でどこかに残っているといいたいようだ。

「今回の事件に関して、俺はずっと考えていた。なにか変な奴《やつ》だ。そして変な割に、随分と周到だと。だがチャプレンは、犯人が狂信者ではないかと手がかりをくれた」

「それが記憶と関係するのですか？」

「相手がいくら聡明《そうめい》だとしても、時間を支配することはできない。そして相手は狂信者だ。教えから永遠があると信じている。しかし、永遠は一瞬の中にあるんだ。そこに奴の弱みがある」

「弱み？」

「いいか、ニゴリ。永遠は一瞬の連続なんだ。そしてその一瞬ごとに、時間は記憶を残していく。これまでの捜査で情報が少し増えただろ。まず相手は、七人のこびとのことをしっている。そのあだ名を自分なりに訳して、事件のメッセージにした。そしてチャプレンの言葉が正しければ、語学に堪能だ。この近隣にそんな奴がどれほどいる？」

「つまり、それに該当する人物を聞き込むのですね」

土橋がうなずいた。

「ゴミ屋敷、図書館近くの爆発、そして梅原あいり殺害の雑木林。まだ調べが徹底されていない池が残されている。そこになんらかの時間の記憶がないか、確かめるんだ」

土橋はソファから腰を上げた。時刻は一時半を過ぎていた。亜坂は自宅のマンションから下へと向かいながら土橋に尋ねた。

「さっきの永遠に関する言葉ですが、あれはゲーテですか」

「さて、誰だったかな。時間ができたらモイチさんに訊《き》いてくれ」


残されていた三つの池を調べ直し、聞き込みのために二人は近隣を歩いて回った。しかし午後からの聞き込みは、これといった成果は上がらなかった。土橋の提案で、捜査は早めに切り上げることとなった。亜坂は土橋と別れ、夕刻、理沙を保育園に迎えに行った。

保育園から帰った理沙はすぐに教会にいくといい出し、亜坂はそれに同行した。亜坂に伴われて理沙が児童室に入ると、いつきは手を振って微笑んだ。理沙が貸してあげた熊のイラストのトレーナーとジーンズをはいている。畳の部屋に上がった理沙は、首から提げていたポシェットの口を開いた。

「いつきちゃん、おみやげ」

そういってアルミホイルの包みを取り出した。いつきのいる教会に遊びに行っていいと聞かされて、急いで冷蔵庫から昌子の残していったコンデンスミルクを取り出し、自分でトーストを焼いて用意したものだった。

「お金、ないけど」

「いいよ。あげる。一緒に食べよ」

中になにが入っているかは、いつきも了解しているようだった。包みを開いたいつきは大人たちに視線を巡らせた。

「すぐに晩ご飯ですよ」

理沙が初めて見る大人の男の人が、いつきにそう告げた。教会にきたときに、父親の誠がチャプレンと声をかけていた人物だ。襟の高い上着は、理沙にとって変わった恰好《かっこう》に思われたが、それよりも今、問題となるのはアルミホイルの中身だ。理沙は救いを求めるように父親を振り返った。

「二人とも、おやつはひとつだけだよ。晩ご飯があるからね」

父親がチャプレンに目配せすると、互いにうなずいている。理沙といつきはアルミホイルの中身をそれぞれ一片ずつ、つまむと感嘆の声を上げた。

「甘いね」

「うん。ベロが痺《しび》れるぐらい」

理沙といつきはうなずきあった。理沙は幸福だった。友だちが多い方ではない理沙にとって、いつきは特別な相手に思えていた。温かいなにかが心に染み込んでくる感じがした。

「あれからご本は読んだ？」

理沙の質問にいつきは首を振った。

「だったら、また図書館に行こうよ」

そう告げて、理沙はポシェットから小さな紙片を取り出した。一旦、大人たちを振り返る。父親もチャプレンも、なにか大人なりの会話をしている様子だった。理沙はその紙片をいつきに渡した。

「これね、小学校にいくときに用意しておくものだよ」

理沙がいつきに渡した紙片には、鉛筆、ノートといった学習用具が書かれていた。伯母の昌子が語っていた内容だった。いつきはそれを読むと、大切そうに星柄のポシェットに仕舞った。

「いつきも小学校にいけるかもしれないの。チャプレンがそういってた」

「一緒の学校かな。そうなるといいね。そしたらランドセルを二人で使えるよ」

いつきは微笑んだ。秋の夕暮れは、あっという間に窓の外で闇へと変化した。

「さて理沙、そろそろ帰るよ」

ほんの一時間ほどで、理沙は父親に告げられた。

「理沙ちゃん、明日の土曜日、教会でお話会だよ。楽しいよ。チャプレンはすごくおもしろいのを用意してるんだって」

「分かった。土曜日は保育園がお休み」

「朝の九時だって」

「うん。お父さんにお願いする」

「指切りだよ」

いつきが小指を出してきた。理沙は自身の小指をそれに絡めた。温かな約束だった。明日の再会を誓って、少女らはそれぞれの生活に戻ることとなった。

八

十月八日、土曜日。亜坂は朝八時から始まる捜査会議を講堂で待っていた。待機している間、演習問題に手を付けようかとも考えたが、昇進試験よりも現時点での捜査の方が気がかりだった。

今日は保育園は休みだ。そして理沙は、教会のお話会に顔を出す。昨夜、強くねだられて亜坂は折れた。結果、昌子に同行を頼んだ。理沙には昌子が迎えにくるまでおとなしく待つよう、出がけに伝えてある。

昌子は教会の後、昨日、帰国している美由紀と合流し、新しくオープンするショッピングモールに理沙のランドセルを見に行くといっていた。行儀作法にうるさい昌子だが、理沙の成長についてまんざらでもないらしい。

亜坂はパイプ椅子に座り、昨日、入手した情報を確認し直した。すでにトップ陣には報告してある内容だ。遺留物である繊維は、黒のフード付きの外套《がいとう》のもの。そこから犯人は、鍛冶が述べた狂信者らしいと推定できること。外国語に堪能で、海外にいた可能性があること。

なにより現場に残された落書きが七人のこびとに由来し、七つの大罪のうち、大食、強欲、ねたみがまだ使われておらず、犯人がそれらと関係する事件を続けて起こす可能性があるとも付け足した。トップ陣は、以上の情報をもとに、近隣で該当する人物を聞き込んで回る方針を採ることになるだろう。

土橋が昨日、述べたように、今の条件が当てはまる人間はそれほど多くないはずだ。捜査員が総出でかかれば、何らかの手がかりが浮上するかもしれない。ただ、問題は時間だった。相手が次の事件を起こす前に、追いつめることができるだろうか。

会議の開始を待ちながら、亜坂は自宅から持ってきた朝刊を広げた。梅原あいり殺害についての報道に目を通すためだった。新聞からチラシの束を抜いて、隣のパイプ椅子に置く。そして地方面を開いた。

小さな囲み記事で、身元不明の若い女性が殺害されたと綴《つづ》られていた。梅原あいりだ。トップ陣が記者会見を開いた結果だ。この記事で、犯人は警察が動き始めていることを理解するだろう。

通常なら、しばらくなりを潜めるはずだ。しかし相手は狂信者だ。行動は予測できない。それだけに時間が気がかりだった。

足音がした。やや乱れたものだ。人の気配に亜坂は顔を上げた。かたわらに土橋が立っている。まだ疲れが残っている顔つきだった。椅子からチラシの束を取り上げると腰かけた。ポケットから取り出したガムを口に入れる。

「おはようございます」

「載ってるか」

亜坂の挨拶に、土橋は記事の有無を確かめてきた。チラシの束を丸めて筒にすると、腿《もも》を叩《たた》いている。亜坂が肯定しようとしたとき、文字が目に飛び込んできた。筒になったチラシに活字が躍っている。

黒一色の簡易な印刷。商品写真の上に綴られていたのは、〈サンポー電器　週末セー

ル　同時開催防犯カメラフェア〉。

今までの情報がチラシの活字とともに脳裏に浮上し、やがてひとつの推理として溶け合った。昨日の土橋の言葉が想起されていた。

時間は風ではない。記憶を残していく。

——とすれば。

亜坂がそう考えたとき、講堂にトップ陣が入ってきた。

九時からお話会が始まることはしっていた。近隣の掲示板に案内が張り出されていたからだ。だから、くしゃみは少し早めに教会へと足を向けた。

先日までおとぼけであり、先生であり、ねぼすけであり、おこりんぼであり、てれすけになぞらえたが、今日はくしゃみ。というのも背中に背負っているデイパックに、紙の靴箱が入っているからだ。

くしゃみは教会の前にくると、お話会が催されるチャペルには入らず、芝を踏んで裏手へと向かった。児童室がこちらにあること、殺した女の娘をここで一時預かりしていることも、くしゃみはしっていた。おしゃべりな神父が少し前、語っていたのを耳にしたからだ。

だが、神父は女が失踪していると考えている。となれば、娘にも母親の死は伝わっていないはずだ。だからくしゃみは、次のステップに向けて、女の娘を天使の役にすることにした。

母親はすでに天国にいる。そして生まれ変わるのを待っている。その待機の間に、娘を母親の元に届けてやろう。そして二人は、次のなにかに生まれ変わるまで、天国で楽しく過ごすのだ。

教会の裏手には、タールで仕上げられた平屋がチャペルに隣接していた。ガラス戸がふたつある。そのどちらが児童室かは分からない。だからくしゃみは古いガラス戸越しに、中の様子をそっとうかがった。

右の戸の向こうは食堂らしかった。小さなテーブルと小椅子が並んでいる。しかし誰もいない。こちらが食堂ならば隣が児童室だろう。くしゃみは左のガラス戸に進みながら、腕時計を確認した。

九時十分前だった。時刻としては最適だ。きっと教会関係者は、会に向けて準備に慌ただしい。そこに隙ができる。あとは少女がまだ、この児童室で待機しているかどうかだった。

――もしいなければ、そのときは天使の役を誰か別の子供に頼むことにしよう。できれば娘を母親のところへ届けてやりたいが、神の思《おぼ》し召《め》し次第だ。

ガラス戸越しに中を覗《のぞ》くと、それは杞憂《きゆう》であることが分かった。畳敷きの室内に、布団が一揃《ひとそろ》え折り畳まれ、横に少女が手持ち無沙汰そうに座っていた。くしゃみは頬がゆるむのを理解できた。

——モンセギュールの同胞の計らいかもしれない。これからの奇跡に向けて、ちょっとした手助けをしてくれたのだ。

くしゃみはガラス戸を小さく叩いた。少女が顔を上げた。そして視線を注いできた。こちらを確かめ、それから笑みを浮かべた。ガラス戸越しに、くしゃみは手招きした。少女が立ち上がり、近づいてくる。静かに戸を開けたくしゃみは告げた。

「お母さんが待ってるよ」

「電器屋だって？」

講堂を出ると、車に乗り込みながら土橋が尋ねてきた。捜査会議は亜坂が考えた通り、上申した報告をもとに捜査員が聞き込みを展開する手はずとなった。しかし亜坂と土橋は、まだ遊軍捜査のままだった。

「なぜそこに手がかりがあると思うんだ？」

「昨日、小学校を再訪したとき、サンポー電器のライトバンが道路を通り過ぎました。そのときは特に気に留めていなかったんです。ですが、さっきチラシを見て作用と反作用を思いつきました」

「車が通ったのが作用。その反作用がなにかってことか。作用としては、その電器屋はなにか用事があったことになるが」

土橋がしばらく考え、告げた。

「待てよ。そういえば、町内会の役員はその電器屋と古い付き合いだといっていたな。防犯カメラについて相談してみるとも」

「チラシにも、防犯カメラフェアとありました。ただし、わざわざフェアを開催するんです。役員の男のためだけじゃないはずです。おそらく売れると考えたんじゃないでしょうか」

「なるほど。電器屋は近隣に、古くからの馴染《なじ》み客を抱えている。そこからニーズが見込めると踏んだ。つまり、防犯カメラの相談は役員の男だけじゃなかった」

「なにかが起こっているのかもしれません、この近辺の防犯カメラに」

よくしっている顔の大人が呼んでいるのを理解して、いつきは児童室からガラス戸へと進んだ。すると相手は、お母さんが待っているところへ連れて行ってくれると話した。

もうすぐお話会だ。チャプレンは朝から忙しそうで、始まるまでここにいるようにいわれている。それに理沙ちゃんとも会う約束をしている。

しかしお母さんが呼んでいるのだ。いつきにはなにより、そちらが大切だった。だから部屋に置いていたポシェットを首から斜めに提げると、靴を履いて外へ出た。

相手とチャプレンが顔見知りであることを、いつきはしっていた。なぜなら二人が話しているのを、何度か目にしたことがあったからだ。だから相手は、自分がお母さんと会うためお話会を欠席すると、チャプレンには伝えてあるだろう。

——やっとお母さんと会える。

いつきの胸は、そのことでいっぱいだった。外へ出ると、いつきは相手に手を取られ、道路を進んだ。しばらく歩いて坂を下ると、駅に近づいた。交差点をやりすごした奥は、石垣がある家。理沙ちゃんの家の近くだ。

さらに交差点を過ぎると、弧を描く道を駅へと進む。改札前の通り抜けを出ると、歩みを緩めた相手は、ポケットから財布を取りだした。そして小銭を用意した。駅の反対側にはいくつかのバス停がある。そのひとつの前にくると、相手は告げた。

「子供はタダでいいんだよ」

その言葉にいつきは、どこへ向かうのかを理解した。

「防犯カメラについてお訊《き》きしたいんです」

「ええと、開店は十時からですが」

サンポー電器は、駅前の線路沿いを都心方向に少し戻ったところにあった。下ろされている店頭のシャッターを叩いて、亜坂は店主を呼びだしていた。

「購入するわけじゃないんです。ここ最近、防犯カメラについて相談を受けましたか？今日からフェアを開催するんですよね」

警察手帳を提示して、亜坂は捜査である旨を示した。

「カメラの相談ですか。数件ありましたよ」

訪問の意図を理解したらしい店主は、うなずくと続けた。

「主に新しい住人の方からが多かったですかね。少し先のターミナル駅に家電量販店があるんですが、そこで防犯カメラを買ったものの、変な調子だっていわれてね」

「変というと？」

「誤作動を起こすそうなんですよ。ＷＥＢカメラってご存じですか。ネットを利用したタイプなんですが、パソコンとつないだり、携帯電話でカメラの画像を確認できたりするんです」

「ＷＥＢカメラ？」

土橋が問い直した。機械に弱い土橋は聞いたことがないらしい。亜坂も耳にしたことはあったが、詳細はしらなかった。

「なにしろ安いんです。二千円程度かな。うちも今回のフェアで売りにしようとしてます。それと、ワイヤレスで使えるタイプも対象商品にするつもりです。だってね、マンションにせよ、一戸建てにせよ、出来上がった家じゃ、新たな配線工事は大変でしょ。WEBカメラやワイヤレスなら、壁に穴を開けたり、ケーブルを配線し直す必要がないんですよ」

「つまり相談があった相手は、その設置をあなたに頼んだ？」

亜坂は店主に確かめた。

「いえ、説明書に沿って自分でやったそうです。ただね」

店主はそこで本題に入った。

「相談があった数件は、どこも買ってきたまま、カメラを設置していた。説明書をあまりよく読まずにね。WEBカメラは安価で便利なんですが、ネットを利用するからイタズラに使われやすいんですよ。相談があった家は、どれもカメラのパスワードを設定していなかったんです」

「パスワード？」

「ええ、WEBカメラはネットと同じで、特定の人間しかアクセスできないようにする必要があるんです。当たり前のことですが、出荷時の製品はパスワードが未設定です。最初は解除されている状態」

「それで誤作動を起こした？」

「パスワードが未設定のWEBカメラは、第三者が自由にアクセスできます。そうなると、赤の他人が遠隔操作をすることもできるんです。一種の覗き見ですかね。それ専用のサイトがあると聞いたこともあります」

「遠隔操作というと？」

土橋が質問をぶつけた。

「カメラが設置されている場所を特定するためですよ。例えばカメラが室内を映していたとします。そのカメラを、遠隔操作で別の方角に動かして手がかりをつかむんです。店舗なら店名があるか、あるいは外の景色に通りの名前が見えるか」

「そこがどこか、防犯カメラを通じて特定できるってことなのか」

土橋は溜息《ためいき》を漏らした。店主は土橋が納得したらしいと理解して続けた。

「見知っている場所なら、すぐに分かるでしょうね。ただの飲食店や事業所なら、イタズラだったでいいですよ。でも個人宅や託児施設となるとね。特に女性の家だったら冗談じゃすまない」

「防犯カメラのつもりが、プライバシーを公開していることになるのか」

「私が相談を受けたのは、女性が多かったですね。女の人は機械に弱い方が多いでしょ。ネットに接続する怖さが、あまり理解できていない」

店主の言葉に土橋がうなずいた。

「誤作動を起こしたから、メーカーに不良品だと連絡したそうです。するとパスワード設定しろといわれた。でもメーカーにいわれたことが理解できずに、私に相談がきた。どうすればいいのかってね。まあ、メーカーが売りっぱなしにしてくれるから、こちらも商売の種になるんですがね」

「すると相談を受けたお客さんのカメラは、いずれも勝手に動いていたんですか」

亜坂の問いに、サンポー電器の店主はうなずいた。

「相談を受けたのは何件ですか。それぞれ名前と住所を教えてください」


昌子に連れられて、理沙は教会まで歩いていった。九時から始まるお話会の少し前だった。お話会の後は、お母さんと会う予定だ。楽しいことが目白押しだった。

首から提げたポシェットには、昨日と同様に、アルミホイルに包んだおやつを用意してある。いつきの喜ぶ顔を理沙は楽しみにしていた。

昌子と二人で会場となるチャペルに入ると、すでに観客は集まっていた。理沙と同じぐらいの子供たちが数人、母親と連れだってきている。そしてチャプレンを始めとする教会関係者らしい大人がチャペルの前方に控えていた。

「土曜日は本当の礼拝の日ではありません。ですが、皆さんに私たちの教えを事前に聞いていただき、明日、教会にきてくださることを望んで、この会を開いています。ですので、まず聖書の教えをお聞きください。それからお待ちかねのお話会となります」

チャプレンが会の次第を説明した。そして黒い表紙の聖書を開いた。理沙は昌子と並んで木製の長い椅子に座っていたが、チャプレンの言葉に興味が湧かなかった。戒めや天国や正しい行いといわれても、ぴんとこない。今の理沙が求めているのは、わくわくする冒険や悪者を懲らしめる子供や、不思議な動物の話だ。

お話会はいつ始まるのか。そしてどんなお話なのか。理沙はチャプレンの言葉を聞き流しながら、チャペルの四方に目をやった。一緒にお話を聞くはずのいつきの姿が見当たらなかった。

——具合でも悪いのかな。

理沙はチャプレンの説教が終わるのをじりじりして待った。そしてやっとお話会の始まりだと告げられたとき、立ち上がってチャペルの前方にいった。

「いつきちゃんは？」

「え？　なんのこと？」

「どうしていないの？」

その質問に鍛冶は、やっといつきの不在に気が付いたようだった。

「ああ、そうだった。お話会が始まる前に呼びにいくことになってたっけ。しまったな。理沙ちゃん、児童室はしってるね。呼んできてくれる？」

そう告げたチャプレンは、ことの次第を観客に説明し始めた。

「お話会に参加する女の子が一人、遅れています。今、この子が呼びに行きますから、少し待っていてください」

昌子はチャプレンの言葉にうなずいている。理沙はチャペルから出ると、昨日訪れた裏手の児童室に向かった。

ガラス戸を開いて三和土《たたき》に立つ。児童室の隅に折り畳まれた布団があった。しかし、いつきの姿はない。

部屋をぐるりと眺めたが、星の柄のポシェットもなかった。それに三和土に靴もない。児童室を出て隣の部屋をガラス戸越しに覗いたが、そちらにもいつきはいなかった。

——どうしたんだろうか。いつきちゃんはお話会を楽しみにしていたのに。

チャペルにもおらず、二つの部屋のどちらにもいない。つまりいつきはお話会はやめて、どこかへ出かけたことになる。

——どうしよう。大人に伝えに戻ろうか。昌子伯母さんと一緒に捜そうか。駄目だ。きっと怒られる。前に、東京駅まで一人で神戸のお祖母《ばあ》ちゃんを迎えにいったとき、子供は勝手なことをせずにおとなしくしていなさいとひどく叱られた。だけど、いつきちゃんのことは捜したい。

どこにいったのだろう。理沙は、いつきの行き先を推理した。お話会をやめて出かけたのなら、きっとそれよりも楽しい場所に違いないけど。

そこで理沙は思い出した。昨日、いつきに小学校へ行くのに必要な物を書いたメモを渡した。ランドセルを買ったら、二人で一緒に使おうとも話した。行き方は前に説明した。ショッピングモールしかない。

――昌子伯母さんと出かけたとき、駅前からバスですぐだった。それに子供はタダだ。いつきちゃんを見つけてすぐに帰ってこられる。あるいは昌子伯母さんの携帯電話にモールから電話してもいい。電話番号のメモと小銭はポシェットに入っている。

決断した理沙の行動は早かった。駆け足で教会から駅へと向かった。

サンポー電器で入手した情報は三件。ひとつは個人宅。そして残りが学習塾とヨガ教室だった。いずれも女性が世帯主となる住居で、個人経営だ。亜坂はその三件の聞き込みに向かうために車を走らせた。

「犯人がどこで騒動を眺めていたのか、おそらくこれで判明するはずだ」

土橋が助手席で告げた。車はすぐに最初の聞き込みとなる個人宅に着いた。場所は小学校から少し離れた例のマンション。旧住宅街と新住宅街の端境を示すように建つ高層建築だった。

時刻は十時を過ぎている。車を路上に停《と》めた二人は、電器店で教わった部屋へ向かった。建物の中層階。土曜日の休日、部屋に住む女性は在宅していた。警察手帳を示して捜査である旨を告げると、二人は室内に招き入れられた。

「こちらで設置されているWEBカメラが、誤作動を起こしたと聞きました。それについて、お話をうかがえますか」

リビングに二人を案内した女性は三十代と思われた。座ったソファの横に、小さなジャングルジムのような枠組みが設置されている。それを見やりながら女性は答えた。

「あれ、キャットウォークっていうんですよ。猫の運動用の道具なんです。わたし、家猫を飼ってて。仕事が遅くなりがちだから留守番させている間、その子が大丈夫かどうか、心配になるんですよ。それで携帯で様子が見られるように、WEBカメラを買ったんです。そしたらいつもと違う様子が映し出されて」

女性は、ペットの見守りのためにカメラを設置したという。亜坂は質問を重ねた。

「そのときの画像は録画されてますか？」

「いえ、携帯からでしたので」

「なにが映し出されたか、覚えてますか？」

「外です。あっちの方」

女性はソファから立ち上がると、リビングのガラス戸の外を指さした。亜坂はその方角を確かめた。眼下に旧住宅街が見渡せた。その向こうにウサギの事件があった小学校の正門が確認できた。

「誤作動はいつ頃のことですか。長く続きましたか」

「七月半ばの朝でした。会社に着いて猫の様子を確かめたら、カメラがいつもと違う方向に向いていて。どうしたんだろうと思ったんですが、始業時間だからそのままにして、昼休みにもう一度、確かめたんです。そしたらいつもの方向に戻ってました」

女性の言葉は、事件が発覚した七月十五日と一致している。相手はウサギ小屋が映る学校の裏を確かめていたのではない。正門を観察していたのだ。それでも事件が騒ぎになるかどうかは把握できる。

犯人は騒ぎの顛末《てんまつ》よりも、事件の影響をしりたかったのだ。しかし用務員が述べたように、大した事態にはならなかった。だから午前中で観察を終え、続く犯行へ移ったのだろう。騒ぎとしてエスカレートすることを目指して。マンションの女性住人への聞き込みを終えて部屋を退去すると、土橋が指示してきた。

「順番に潰していくぞ」

車に乗り込んだ亜坂は近隣の住宅地図をダッシュボードから取り出し、サンポー電器で入手した番地をマークしていった。残る二件と事件との位置関係の裏付け捜査だ。亜坂は車を続く学習塾へと走らせた。

学習塾はマンションの三階で、先ほどの個人宅と同様に、事件を確かめられる距離にあった。室内に設置されたカメラを動かせば、窓越しにボヤとなったゴミ屋敷を確認できる。残されたのは三件目のヨガ教室だ。

しかし車が到着した場所は、雑木林とは少し離れていた。一階に商店が入り、二階に歯科医院などのテナントが入っている建物だった。二人は捜査である旨を告げ、教室内に入った。

しかし推理は正しかった。窓辺にカメラがあった。亜坂が窓から確かめると雑木林が彼方《かなた》に茂っていた。遠景だが、遠隔操作によって騒動を確かめることができる。二人はそれを確認し、車に戻った。

「裏付けられたな。相手はカメラを遠隔操作して小学校、ゴミ屋敷、そして雑木林を確かめていた」

「土橋さん、もうひとつ池が残されています。下水道の爆発事件の」

サンポー電器に相談があったのは三件だ。それ以外に誤作動の情報はない。しかし事件は四つ起こったのだ。三件が同一犯の仕業なら、下水道の爆発に関してもどこかで事件の影響をうかがっていたことになる。

だが下水道のケースは、事件発生当初に綿密に調べをすませている。近辺に防犯カメラはなく、あったのは図書館だけ。しかも設置されていたのは入り口のみで、爆発現場の方角は記録されていなかった。捜査陣は録画内容から館内に出入りした人物をチェックしたが、怪しい人物はいなかった。

「ニゴリ、どう思う？　少し変だ。下水道に関してだけ、象を舐《な》めたにしては様子が違う。味が同じじゃないことになる」

「相手は、下水道の事件を確かめなかったのでしょうか」

「なぜだ？　他の三件はカメラを遠隔操作しているぞ」

「防犯カメラがあったのは図書館だけですが、ＷＥＢカメラではありません。通常の設備です。だから遠隔操作できなかったのでは？」

　土橋が首を振った。

「どうしてウサギを狙ったのかと小学校で尋ねたな。あのとき、お前はどう思った？」

「別の動物でも騒ぎにできるのに、と思いました」

「今は分かるよな？」

　亜坂は土橋の意図が呑《の》み込めてきた。

「ＷＥＢカメラで様子が把握できたからです」

「だよな。なのに、下水道近辺の爆発だけ異なる」

　亜坂は車のハンドルを握るとアクセルを踏んだ。そして目指す場所へと車を進めた。

「つまり犯人は、爆発事件に関してはカメラが必要ではなかったんですね。もっと簡単だったから」

「そうだ。爆発事件に関しては、象を舐める必要がなかったんだ。目の前に象が見えていたから」

くしゃみは少女とともに、ショッピングモールに到着していた。駐車場となる広場から足を進めると、モールはちょうど開店時間を迎えたばかりで、ひどい人混みとなっていた。

一日で大罪となる対象だと、くしゃみは理解できた。残されているこびとの名は二つだ。くしゃみと、ごきげん。

現在のくしゃみは強欲を示す。そしてここは強欲の坩堝《るつぼ》だ。ある意味で現世の象徴であり、地獄と変わらない。

神父がお話会を終えて図書館に白雪姫のＤＶＤを返却にきたとき、くしゃみはふと思い立ってそれを観てみた。物語でこびとたちは、洞窟から宝石を掘り出すことを仕事にしていた。まるで物欲に取り憑《つ》かれたように。くしゃみが計画した一連のステップに、こびとの名をなぞらえたのはそこからだった。

無意識の連想だったのかもしれない。だが、それは、とてもそぐわしいように思えた。物語のこびとたちの様子は、モンセギュールの同胞たちが旨とした現世の否定とはかけ離れていた。

くしゃみは再び辺りを確かめた。連なる店舗で目を細め、商品を見定めている誰もが熱にうかされたような表情をしている。白雪姫のこびとたちと変わらないではないか。

――教えを伝えなければならない。

脳裏に思いが湧いた。何人《なんぴと》もこれから起こるメッセージに耳を澄ませ。そして禁欲的であるべき生活を続けることで、来世に生まれ変わることを望め。

「お母さんは？」

手を繋《つな》いでいた少女がモールを見回し、尋ねてきた。

「すぐにくるよ」

そう告げると、少女は視線を走らせた。

「お母さん、あれ、買ってくれるかな？」

少女が目の前の店を指さした。

――この子も現世の欲にまみれている。

くしゃみはそう理解した。しかし、子供の欲望が指さしたものにあるなら、それはそれで都合がいいだろう。この子に持たせるつもりだったものは紙袋に入れてあるが、あちらに入れる方が自然だ。

「そこで待ってなさい。今、買ってきてあげるから。何色がいい？」

視線を巡らすと、すぐ近くにベンチがあった。くしゃみは少女をそこへ誘った。

「赤」

くしゃみは答を受けて、ベンチに少女が座るのを待って店へ向かった。

店頭の商品は色とりどりに棚で並んでいる。ポケットから財布を取り出すと、身元が割れないように現金で赤いものを買った。

次に店の端に行き、人目に付かないように背中に背負っていたデイパックから紙袋を取り出した。中には靴箱が入っている。改めて辺りを確かめた。誰も見ていなかった。それよりも関心は消費にあるようだった。

くしゃみは紙袋に手を入れ、箱の蓋を開いた。そして、箱の中の雷管から伸びるニクロム線の片端を電池ケースに結ぶと、紙袋ごと今、買った商品に納めた。

これで準備は完了だった。ＩＣ５５５とコンデンサー、リレー。リレーを通じて充電されたコンデンサーは、やがて飽和状態に達し、放電へ切り替わる。そしてここでメッセージが伝わる。強欲と。

「ここにじっとしてるんだよ。わたしはちょっと出かけてくる。でもお母さんとは連絡してあるから、すぐにここに迎えにくるよ」

ベンチに戻ると、くしゃみは少女に告げた。赤いプレゼントをもらった少女は、よほど嬉《うれ》しいのか、それを抱きしめた。こちらの言葉を上の空のように聞いている。

計算では、一時間後に靴箱が火を噴くことになる。そのときには自身はここにいない。仮に犯人であると判明しても、なにも困らないのだ。そうなったとき、くしゃみである自身は、ごきげんになる。なぜならデイパックにはもうひとつ靴箱があるのだから。

亜坂と土橋は図書館に着いた。館内に駆け込むと、亜坂はカウンターにいた司書に声を上げていた。

「警察です。爆発事件の際に、ここに詰めていた方の話を聞きたい。全員、いらっしゃいますか?」

亜坂の問いに、カウンターの中にいた女性の一人が対応をした。

「あのときの館員ですか。館長と私たち、それと若手の男性ですが」

答と同時に、館長とおぼしき男性も奥から顔を出した。しかし、通報時に武田と名乗った三十代の男性は、姿が見受けられなかった。

「お一人、いらっしゃらない?」

亜坂の質問に館長は答えた。

「ええ、彼は今日、休暇になってます」

「その方について、詳しく聞かせてもらえますか」

「名前は武田フウ、楓と書いてフウと読みます」

「その方は、海外で生活されてましたか。語学に堪能かどうか、分かりますか」

「彼は変わった経歴ですよ。国立大学の文学部を出ています。キリスト教史を専攻していて、フランスにも留学し、将来、神父になるつもりだったといってました。そもそも教会の施設で育ったんですが、成人した頃、養子となり、神父をあきらめて司書の資格を取ったそうです」

どんぴしゃりだった。亜坂は声を続けた。

「それで、その方は今どこに？」

「さあ。プライベートでは、ほとんど交流がないのでね。休日になにをしているかは」

「住所は分かりますか」

館長は亜坂の立て続けの質問に、武田の住所を告げた。一キロほど先のミニマンションだった。

「重要参考人です」

「いや、容疑者といっていいだろう」

土橋が答えた。

「捜査本部に連絡して、応援を要請します」

告げた亜坂は館外に飛び出した。しかし携帯電話を取り出さず、停めてあった車に乗り込んだ。土橋が後ろに続いているとは分かったが、亜坂はハンドルを握るとそのまま発進させた。

ルームミラーに映った土橋がみるみる小さくなっていく。土橋を車に乗せるわけにはいかないのだ。武田楓が真犯人であれば、追いつ追われつの展開になる可能性がある。その際の土橋の体が気がかりだった。

置いてけぼりを喰《く》らった土橋が、図書館でぼんやり待機しているはずはない。容疑者の住所は耳にしている。こちらの意図を理解し、応援を要請して現場に向かうだろう。図書館前の道路を疾走し、奥の道を新住宅街の方向へと向かう。ほんの数分で武田楓の住居となるミニマンションに到着した。

車から飛び出すと階段を駆け上がり、四階建てのマンションの最上階へ向かう。４０２号室が武田の部屋だ。

亜坂はインターフォンを立て続けに押した。しかし反応はない。鉄のドアを叩いた。そしてノブを回した。施錠されている。ドアに耳を当てた。内部で物音はしない。

ミニマンションだけに、管理人はいそうになかった。応援が到着するのを待つしかないのか。亜坂は、土橋がすでに捜査本部に連絡しているだろうと理解しながら階段を下りると、マンションの入り口を出た。

そのとき、男が一人、道路をこちらへと進んできた。武田楓。下水道で爆発があった際、図書館で聞き込みをした館員だった。

「武田」

亜坂が叫んだとき、相手は誰がなにをしにここにきたのか、即座に理解したようだった。きびすを返すと道路を反対方向へと走り出した。武田は背中のデイパックを揺らしながら、幅の狭い道路を闇雲に駆けている。

予想していたように相手を追う展開となった。亜坂は追いかけた。逃げ場を求める獲物と猟犬。数分の疾駆が続いた。隠れ場所を求めたのか、武田が路地を曲がった。

亜坂が続くと、道路の左右が不意に開けた。造園業が盛んだった頃の名残りか、広く土地が開けている。枯れた植物がうかがえた。

その左手の家庭菜園らしいスペースに武田が駆け込んだ。逃げられないと踏んだのか、そこで亜坂と対峙《たいじ》する気になったらしい。

「武田楓だな。ここまでだ。逃げられないのは分かるだろう」

菜園へ踏み出した亜坂は叫んだ。相手は数十メートル先、菜園の中央で立ちつくしていたが、亜坂を睨《にら》むと、やおら背中のデイパックを下ろし、中から靴箱を取り出した。

「俺をつかまえることはできない」

靴箱の蓋を開けながら武田が叫んだ。

「なんのことだ」

「俺は無敵だからだ」

「無敵？」

「そうだ。俺には怖いものはない。なぜなら、俺には天国という別の世界が待っている。

そこで、あの女の子と同様に生まれ変わるんだ。素敵だろう」

武田はそう叫ぶと、箱の中でなにかを操った。

「女の子?」

「そうだ。俺が殺した女の娘だ」

武田の言葉は、いつきを指していた。

「いつきちゃんをどうしたんだ」

「天使にしたんだよ。もうすぐお母さんのところへ向かう」

武田の指先が箱の中で動く。予感があった。本能的にその場に伏せた。同時に爆音が響いた。

亜坂は目だけを上げた。スローモーションとなったシーンの中、武田が火柱に包まれている。しかしその一瞬後、武田の姿は跡形もなく消えていた。

爆風が亜坂を襲ってきた。光とともに真っ赤な炎だけが家庭菜園に立ちのぼった。血しぶきが亜坂の顔へと降り注いだ。顔を手のひらでぬぐうと、血とピンク色の肉片が指にまとわりついている。ただ肉をえぐられた痛みはない。

顔面や腕から出血していることは理解できた。痛みは錐《きり》を刺されたたぐいに似ている。爆発物の破片が刺さったらしい。肉片は武田のものだ。咄嗟《とっさ》に伏せたために、なんとか爆発の直撃は避けられたのだ。

亜坂はその場に座り込んだ。耳は痺《しび》れている。上半身が痛み、不意に視界が生ぬるくぼやけた。瞼《まぶた》をしばたたかせる。目尻を指先でぬぐった。額の血が目に流れ込んでいた。今、武田は消滅した。奴《やつ》は自ら爆死したのだ。武田の言葉が亜坂の脳裏に湧いていた。俺には怖いものはない。なぜなら、俺には天国という別の世界が待っている。

――いつきちゃんが危ない。

そのとき、内ポケットで携帯電話が音を立てた。今の爆発で損傷しなかったようだ。なんとか聞こえるまで戻った耳を、取り出した電話に当てた。

「誠、理沙がおらんようになった」

電話は昌子からだった。

「お話会に連れてきたら、いつきちゃんを呼びに行くゆうて裏手へ出かけたんや。そやけど、いくら待っても戻ってこん。それで神父さんと児童室に向かったんやけど、誰もおらへん」

「いつきちゃんも、理沙もか？」

「いつきちゃんの靴もポシェットも、部屋にない。二人でどっかにいったか、先に出たいつきちゃんを理沙が追いかけたことになる」

一瞬、武田に二人ともども連れ去られたのかと疑った。しかし武田は今、目の前で爆死したばかりだ。頭が混乱し、時間経過がすぐに理解できなかった。

「どのぐらい前のことや」

「そうやな、かれこれ三十分くらいか」

時間の計算があわなかった。その時間なら、ちょうど武田が戻ってきたぐらいだ。理沙は武田に連れ出されたのではなさそうだ。おそらく、いなくなったいつきを追いかけたのだろう。

ただしそれが正しかった場合、いつきだけでなく、理沙も危険にさらされることになる。亜坂は必死で考えた。時間がないことだけは確かだ。二人が向かった先はどこか。その手がかりが必要だ。

「いつきちゃんと理沙が向かいそうな場所の心当たりはあるんか」

「それを今、みんなで考えているところや」

「俺も捜してみる。ただ、かなり危ない。なにが起こるかわからへんのや。思いついたらまず連絡をくれ。こっちからもする」

亜坂はそこまで告げると電話を切った。痛みと痺れを感じる体を起こし、武田のマンションの方へと、きた道を駆け出した。傷を受けた上半身が痛んだ。額と頭部をぬらりとした感触が覆っている。だが、じっとしていられない。武田はどこで、なにを準備したのか。

荒い息を吐きながらマンションに着いた。本来なら武田の爆死、次なる計画が準備されていることを捜査本部に連絡すべきところだ。しかし時間がない。階段を駆け上がると、最上階となる武田の部屋の扉の前に立つ。しかし、ドアは施錠されている。どうやって内部に入るか。合い鍵を用意したり、工作器具でドアを破る時間も準備もない。

武田は爆死したのだ。その遺体や所持品は、損傷が激しいか、どこかへ飛び散っている。部屋の鍵や計画の手がかりを、鑑識捜査のように虱《しらみ》潰しに調べている余裕はないのだ。なんとか今、この室内に入るしかない。

亜坂はミニマンションの外廊下に視線を走らせた。廊下に沿って鉄の柵が続いている。腰ほどの高さだ。亜坂はそれに足をかけると、柵の上に立ち上がった。この体で可能だろうか。しかし迷いを振り切った。

一瞬、バランスを保ち、続いてジャンプした。両手がマンションの屋根の縁に届いた。肩と腰に痛みが走り、思わず手を離しそうになった。それをこらえて、ぶら下がる形で体を懸垂させる。

力任せに上半身を屋根までずり上げ、胸までできたところで足をもがかせて、さらに空を蹴ってなんとかよじ登った。体が屋根に着いた。

コンクリートでコーキングされた屋根を、武田の部屋の方向に移動した。屋根に腹這《はらば》いになり、下を覗いた。武田の部屋のベランダが見えた。雨戸は閉められておらず、屋根の下で突き出す形で吹きさらしになっている。

亜坂は縁に手をかけて、下へと体を下ろした。宙ぶらりんのまま、体を振って手を離した。風が音を立て、足元に空虚な感触を覚えたが、すぐに両足の裏側が着地した。たたらを踏んだが持ちこたえた。応援部隊はまだ到着していない。仮に事情を説明すれば、合流し、捜査協力を要請されるだろう。それでは理沙といつきの安全が確保できない。

亜坂は上着を脱ぐと、それで右の拳を覆った。渾身《こんしん》の力を込めてベランダに面したガラス戸を殴る。音を立ててガラスが飛び散った。亜坂は上着を捨てると土足のまま、室内に入った。令状なしの家宅侵入。立派な犯罪だった。しかし頓着している暇はない。駆け入った先はリビングだった。視線を走らせると、壁際の机にパソコンがあった。駆け寄って、そのスイッチを入れる。おそらく武田は、これでWEBカメラの操作をしていたはずだ。となると、次の事件の現場も騒動を確かめるためにカメラを利用しようとしたのではないか。部屋に戻ってきたことが、それを証明しているように思える。

ネットのブラウザーを立ち上げると、パソコンはパスワードを要求してきた。亜坂はしばらく考えた。武田はなにをパスワードにしていたのだろう。思いつくものを打ち込んでいく。

白雪姫、七人のこびと。いずれもエラーの表示が返ってくる。カタリ派、無敵とそれぞれ日本語とアルファベットで打ち込んだ。しかしやはりエラーが表示された。

机の天板を指で叩きながら、亜坂は意識を思考に集中した。そもそも武田は一連の事件にどうして、こびとのあだ名をなぞらえたのか。それが鍵ではないか。不意に脳裏に黒い粒子が浮かんだ。蚊柱のような粒子は、寄せては返す波のような動きを頭の中で繰り返している。

——手がかりを告げようとしているのか。とすれば、なにか。

亜坂は意識を集中した。リターンキーを押してエラーの表示を消す。突然、波のような粒子の動きに思いが及んだ。波が舐めるのは岸辺。舐めるという言葉が脳裏を走った。同時に疑問が湧いた。奴はこれまでの犯行になにを舐めてきたのか。その味は。七人のこびとは、それぞれ違う名前。それぞれ違う事件に大罪の象徴として使われた。だが、象を舐めると味は同じだ。その味とは——。

不意に答が得られた思いがした。亜坂はキーボードを三度叩いた。

ＷＨＯ。

お前は誰だ？　それは武田の名前と同じ。武田は自身が無敵だと告げていた。だから天国へ向かうと。だが、一方で分からないことがあったのではないか。それは自身が誰であるか。図書館の同僚が告げていたところでは、武田は特別な施設で育った。彼の来歴は特殊なものだった。神父になるところが、養子となり、司書となった。

無敵である武田にも弱みがあったのだ。それは自身の存在感に対する怯《おび》えだ。それが彼のすべてだった。それを求めて武田は、異端といえる信仰に傾倒した。パスワードの設定は無意識によるものだったのかもしれない。ただ単に自分の名前を使っただけで。しかし、そこには武田自身も理解していなかった思いが働いていたのではないか。パスワードの設定がそれを示しているように思えた。

ブラウザーがアクセスを許可した。亜坂はブックマークされていたアドレスのトップをマウスでクリックした。異物混入に関するSNSのサイトが表示され、そこに書き込みが続いている。もっとも最初となる書き込みへと表示をスクロールさせた。すると、おとぼけのハンドルネームで、拡散希望の書き込みが残されていた。

これは武田だ。奴は異物混入の騒ぎに関わっていたのだ。そして七つの大罪のうち、おとぼけで最初の事件を開始したのだ。亜坂はさらにマークされているアドレスを確かめていった。しかし、武田が今まで遠隔操作したWEBカメラはブックマークされていなかった。同様に、これから目指そうとしている犯行に関する手がかりもなかった。

おそらく事件の際だけ、武田はカメラにアクセスしたのだろう。今回も、部屋に戻ってから操作を進めるつもりだったらしい。これからどこのWEBカメラにアクセスするつもりだったのか、特定できる痕跡はない。理沙といつきを利用する現場は不確定のままだ。亜坂は溜息を吐いた。

しかし、時間経過はわずかだ。そして現場がこの近辺であることは確かだ。少なくとも武田がＷＥＢカメラの有無を把握できる範囲になるはずなのだ。

——時間がない。早く現場を特定しなければ。

脳裏に焦りが湧く。努めてそれを抑えながら亜坂は考えた。残されていたこびとのあだ名は三つ。おとぼけ、くしゃみ、ごきげん。しかし、おとぼけは今、消えた。大食を意味する大罪はすでに使われていた。すると残るのはくしゃみ、ごきげん。

チャプレンとの会話ではそれが妬み、強欲ではないかと推測されている。武田はそのどちらを、どこで事件にするつもりだったのか。

武田の言葉が脳裏をよぎった。自爆を前に奴は「素敵」だと告げた。奴は異端の信仰を持ち、生まれ変わりを信じ、自殺を恐れない考えを持っていた。

素敵だと告げたのが、それに準ずるとしたら。つまり、妬みではなく、真の意味のハッピーというメッセージだとしたら。

残されるのは、くしゃみだけだ。つまり次の犯行は、強欲を意味していたことになる。

亜坂の脳裏に今朝、交わした昌子との言葉がよぎった。理沙も同様のことを一昨日の晩、語っていたはずだ。にわかに向かうべき先が定まった。リビングから小走りで玄関へ向かった。短い廊下を過ぎるときにキッチンが見えた。

肥料らしき袋がうかがえた。横に紙ゴミが畳まれている。キッチンに入って確かめると、袋の表記は硝酸アンモニウム。三キロ詰めの袋はまだ充分、膨れている。キッチンには計量用のデジタル計りがあった。

その瞬間、亜坂は武田の次の計画を理解した。先ほどの自爆も、この材料によるものなのだ。しかも、武田は余裕がある量を用意していた。

武田の部屋から飛び出すと、亜坂はマンションの階段を駆け下りた。そして路上に停めたままだった車に乗り込み、エンジンをかけた。ハンドルを握り、車を急発進させながら内ポケットから携帯電話を取り出す。

「亜坂です。容疑者である武田楓は、先ほど爆死しました。しかし、続く事件の準備をしていたようです。今、奴のマンションを出たところです」

電話した先は捜査本部だった。

「亜坂巡査、土橋巡査部長から連絡があった。単独行動をするとは何ごとだ」

出たのは香坂署長だった。電話越しに周りが慌ただしいのが把握できた。

「土橋君の連絡で今、応援がそちらに向かっている。待機を指示する」

「待っていられません。奴は、次の現場の爆破を計画していたようです」

亜坂は続けた。

「奴は、自室で窒素肥料による爆弾を製造していました。ただ、詳細は把握できていません。爆発までの猶予を把握したいのです。もうすぐだと武田はいっていました。奴の部屋の鑑識捜査と、現場に爆弾処理班を要請します。私も向かいます」

一瞬、間があり、香坂が尋ねた。

「どこだ？」

「駅の向こうで大きなショッピングモールが今日、オープンします。武田はそこに狙いを付けたと考えられます」

「なぜだ？」

「罪の味がするからです。武田が舐めていたのは、七つの罪なんです」

理沙は、ショッピングモールの内部を歩いていた。大人たちがひしめき、親子連れの姿も多かった。カップルが腕を組んで、そぞろ歩いている。かなりの混雑の中を理沙は視線を巡らせながら、いつきの姿を探した。

いつきが向かうとしたら、小学校に必要なものを売っている文具店だろう。渡したメモには、鉛筆やノートと書いておいた。だが人波に埋め尽くされたモールの内部で、店を探すのは子供の視線には難しいことだった。

理沙は立ち止まった。周りは背の高い大人でよく見えない。それでもなんとか店を見定めようとした。ショッピングカートを押すお婆さん。その後ろに三人組のおばさん。それが通り過ぎた瞬間に、店が見えた。パン屋だ。ここではない。

理沙は再び歩き出した。缶詰や袋入りのパスタを売る店がある。お菓子屋さんもあった。店頭に星の模様のヌガーバーが並んでいる。昌子伯母さんがいっていたミルキーウエイだ。しかしここもいつきがくる店ではない。

モールを奥へと進むうちに、理沙は方向感覚が麻痺《まひ》してきた。モールは蛸足《たこあし》のような構造だ。入ってきた方や、調べてきた辺りがどっちだったのか、分からなくなってしまった。

歩き疲れた理沙は、モールの奥の小さな広場となるスペースにたたずんだ。緑の鉢植えが並べられ、休憩のためのベンチが据えられている。

——少し休んでから、また捜そう。それでだめなら教会に戻ろう。

理沙はそう決心してベンチに腰を下ろした。すると、人混みでさえぎられていた視線が天井へと届くようになり、プラスティックのボードが下げられているのが見えた。

名案が浮かんだ。視線をボードの先にやると奥まったスペースにブースがあり、女の人が三人、椅子に座っている。その前に小さな椅子が並べられていた。ボードになんと書いてあるかは、ちゃんと理解できた。理沙はそちらへ向かうと女の人の前に立った。

モールの駐車場に着くと亜坂は、車から飛び出して内部へ走った。入り口から奥へと走りながら、どこへ向かえばよいか必死で考えた。武田がここを標的にしたのは間違いない。この近辺で強欲を象徴するとすれば、ここがもっともふさわしい。しかし、この広い施設のどこが目的となる場所なのか。

　小さな叫び声が周りで起きる。亜坂が進もうとする方向で、人混みがさっと割れて、道ができる。まるで海を割るモーゼのようだ。怪訝《けげん》な思いを抱き、すぐにその理由を理解し、改めて自身の上半身に目をやった。

　上着は武田の部屋に脱ぎ捨ててきた。ワイシャツ姿の上半身はあちこちが血に染まっている。休日のショッピングモールに血まみれの男が乗り込んできたのだ。驚かない方がどうかしているだろう。そのとき携帯電話が鳴った。番号を確かめると鑑識の岸本だった。亜坂は急いで電話に出た。

「亜坂か、タイマー基盤を利用した爆弾らしい。使用しているコンデンサーは一時間で放電する製品だ。爆薬の使用量から、サイズはコンパクトだが、規模はパリでのテロに匹敵する」

　亜坂は、武田の部屋で岸本が物証を得たことが分かった。同時に処理班や応援部隊がこちらに向かっていることも。亜坂は急いで時間を計算した。爆発まであとどのくらいあるのか。昌子からの電話の時点で、理沙が消えて三十分ほどがたっている。武田が教会からいつきを連れだしたのはそれ以前だ。そしてモールまで移動し、爆弾をセット。

　しかし、武田は歩いて部屋に戻ってきた。タクシーを利用した場合は、部屋の前まで乗り付けるだろう。となると移動はバスだ。ここから武田の部屋までは十分近く必要になる。となるとかなりぎりぎりだった。

「時間がありません。処理班を急がせてください。それとモールに緊急連絡を」

亜坂は岸本に最重要な点のみ伝えて電話を切った。処理班はすぐに到着するだろう。しかし、いつ爆発が起こるか分からない状況だ。そしてモールに緊急連絡が入ったとしても、この群衆では安全な退避を遂行するにはとても余裕がない。

――なんとしても爆弾を見つけなければ。

一縷《いちる》の望みは武田の行動だった。武田は部屋に戻り、その後にパソコンでWEBカメラを遠隔操作して、事件を見定めるつもりだったはずだ。帰宅後、多少の時間の余裕は考えていたに違いない。しかし、それも長くはないだろう。残されていたとして、数分程度だ。亜坂は手がかりを必死で考えた。そのとき、館内放送が流れた。

『迷子のご案内をします。辻いつきちゃん、五歳。星柄のポシェット、熊のイラストのトレーナーにジーンズをはいた女の子です。お気付きの方は迷子案内所までご連絡ください』

一瞬、状況が把握できずに亜坂は立ち止まった。視線を走らせると、壁にモールの店舗案内が掲示されている。迷子案内所は、今いる位置からすぐだった。

とにかく今の放送が唯一の手がかりだ。亜坂は走った。また人混みが割れて道ができる。案内所に駆け込むと、受付の女性が小さな悲鳴を上げた。口に手を当てて硬直している。

　手前の椅子に座っていた少女が小さな頭を巡らせた。理沙だった。亜坂は理解した。放送を頼んだのは理沙なのだ。

　なんと賢い対応だろう。理沙はモールまできたが、いつきがどこにいるか分からず、相手を捜すのではなく呼び出すことにしたのだ。しかしそれは同時に、理沙が爆弾の危険に巻き込まれることを意味する。驚いた顔の理沙をそのままに、亜坂は案内所から視線をあちこちに走らせた。

　老女に手を繋がれた少女の姿が、人混みの中に垣間《かいま》見えた。熊のイラストのトレーナーにジーンズ。星柄のポシェット。いつきだった。真新しい真っ赤なランドセルを背負っていた。

　亜坂は即座に武田の意図を理解した。いつきを天使の役にするとはこのことだったのだ。奴は爆弾を入れたランドセルをいつきに背負わせたのだ。亜坂は駆けた。手を繋いでいる老女が驚いて立ち止まる。二人の目の前に達すると亜坂はいつきの背後に回った。

「いつきちゃん、ランドセルを貸して」

　一瞬、硬直した後、いつきは声で血だらけの相手が誰か理解したのか、いわれるままにランドセルを背中から外した。亜坂はむしりとるように赤いランドセルを受け取り、脇に抱えて駆け出した。いつ爆発してもおかしくない状況だ。とにかくモールの外へ向かう必要がある。

言葉にならない叫びを上げながら、亜坂は走った。駆け出す方向の人波が割れる。真新しいアスファルトで仕上げられた駐車場に出た。同時にサイレンが激しく聞こえた。応援部隊と爆弾処理班だ。しかし亜坂は、モールからできるだけ離れた方へと走った。手近に人はいない。

確認してからランドセルを投げた。ゆっくりと赤い放物線が弧を描いた。ストップモーションのように景色が一変した。ランドセルはアスファルトへと弧を描いて落下していく。亜坂は伏せた。次の瞬間、閃光《せんこう》が走り、轟音《ごうおん》が響いた。続いて伏せている駐車場の地面が揺れた。黒い煙が辺りを包んだ。

伏せている体に、ぱらぱらとなにかが落ちてくる。爆弾の破片、赤い革の切れ端。上半身が熱い。亜坂は伏せた状態で、辺りを確かめた。ランドセルを投げた前方は無人で、怪我人《けがにん》はいない。後ろを見た。捜査陣と処理班がかがみ込んでいる。なんとか武田の計画を阻止できた。途端に亜坂の意識が遠のいていった。

目覚めたとき、亜坂は病室にいた。個室だった。窓の向こうに秋の夕暮れの景色が見える。頭を巡らせたが誰もいない。あれから、どのくらいの時間が経過したのか。

亜坂はベッドサイドにナースコール用のボタンを見つけ、それを押した。部屋の外で、廊下を駆けてくる足音が聞こえた。続いて部屋のドアが開いた。入ってきたのは看護師だった。

看護師はベッドサイドに寄ると、横にあった計器を眺めた。そのときになって亜坂は初めて、心電計のパッドが胸に、血圧計や点滴が腕に装着されていることに気が付いた。計器を眺めた看護師は、亜坂の手首を取ると脈を確かめた。

「気が付かれましたね。大丈夫です。それほどの怪我ではありません」

看護師が述べた。亜坂は気になっていたことを相手に尋ねた。

「今日は何曜日ですか？　そして何時になりますか？」

「土曜日ですよ。搬送されてから半日」

答えた看護師は、背後の扉に視線をやると、うなずいた。

「面会の方がきています。具合がよければ許可していいとドクターから指示がありましたが、お会いになりますか」

亜坂はうなずいた。ショッピングモールで気を失ってからの経緯がしりたかった。看護師がドアを出た先で、どうぞ、ただし順番に、と声を上げた。その声に呼応するように土橋ともう一人が室内に入ってきた。垣内だった。

二人は、ベッドで横になっている亜坂に視線を注ぐ。まず土橋が口を開いた。

「ニゴリ、よくも俺を置いてけぼりにしたな。単独行動はするなと、前回の事件でも口を酸っぱくしていっただろ。勝手なことをするから、そんな傷だらけの顔になっちまうんだ。まるで、B級映画に出てくる安物のちんぴらじゃないか」

土橋の言葉に、垣内がうなずいた。様子を確かめ、口元を緩める。

「ぼんぼん、痛いか。いい気味だ。俺の失敗を繰り返すからこうなる」

垣内はそう告げると、手に提げていた紙袋をベッドサイドのテーブルに置いた。

「ほら、食えよ。俺がしってる中で一番、硬い煎餅《せんべい》だ。食べるたびに傷に響くぜ。ざまあみろだ」

垣内の憎まれ口に、土橋が小さく笑った。

「医者の話じゃ、しばらくここで寝てなきゃならないそうだ。静養することが、どんなに辛《つら》いか、つまらないか、よく頭に刻み込んでおけ」

「二人は？」

亜坂は一番の心配事を尋ねた。土橋は続けた。

「いつきちゃんも理沙ちゃんも無事だ。いつきちゃんは養子縁組が叶《かな》うまで、あのままチャプレンのところで養護されることになる。行政の手配で、小学校へも通えるそうだ。梅原あいりの死亡は、すでに夫に伝わった。自身の子でないところから向こうは、あいりの戸籍を抹消し、いつきちゃんの親権も放棄するらしい」

「爆発前に岸本さんから電話をもらいました。鑑識捜査はどんな展開だったのですか」

「武田の部屋のキッチンに、奴がネットで購入したタイマー基盤の納入書があった。岸本はその機種から、どのくらいで爆発するかを調べてくれた」

土橋の言葉に亜坂は、武田のキッチンで見た紙ゴミを思い起こした。あれが物証となったのだろう。

「図書館で置いてけぼりにされた後、俺は捜査本部に連絡しようと電話をかけたが、出たのがこのイヤミだ」

土橋が垣内を見やった。すでにあだ名を付けているらしい。

「するとイヤミは、俺と合流するまで報告を待ってくれといった。イヤミがいうにはお前がなにかをつかんだときは、いつも核心を突いているから、待機の指示になるよりも、そちらを優先すべきだと判断したんだ。その方が、事件を早く解決できると」

「ぼんぼん、俺はお前の心配なんかしないさ。それよりも事件の解決だ。ただ、お前が勝手に走り出すときは、いつもなにかあるからな。変な奴だ。鼻だけは利く。それに、最近のお前はカタカナになってきてるしな。だから俺たち二人は、お前の連絡があるまで我慢した。するとモールだと連絡が入った」

「カタカナ？」

「ああ、お前は硬くなっている。ひらがなよりもな。今後はひらがなのぼんぼんじゃなくて、カタカナでボンボンと呼んでやる。とはいっても、まだ甘い菓子だがな」

垣内の言葉を受けて、土橋は亜坂を見つめた。

「ニゴリ、今回のことは大きな貸しだぞ」

亜坂は二人の言葉を聞きながら、少し考えた。そして答えた。

「お二人とも、チェリーパイで勘弁してくれますか。さくさくの生地で、甘酸っぱいから、疲れが取れて元気が出ます」

二人は顔を見合わせて微笑《ほほえ》んだ。刑事は甘い物に目がない。特に叩き上げは。なぜなら、それだけエネルギーを使っているからだ。

「待っている人がまだいる。たっぷりお小言をもらうんだな」

土橋は垣内と目配せすると、病室のドアから出ていった。部屋を後にする二人は、足をかすかに引きずっている。土橋は前回の捜査のせいだ。そして垣内は、かつて自身とコンビを組んで犯人の検挙に臨んだ際、亜坂が出遅れたため、相手に刺された後遺症だった。

「土橋さんから、理沙がいるのはモールやと連絡をもらったわ。ただ、私が出かけたときには爆弾は破裂した後や」

入れ替わって伯母の昌子、理沙、そして別れた妻の美由紀が入ってきた。昌子の言葉は硬い調子だった。理沙と美由紀も、その声に息を潜めている。

「なんやのん、その顔？　日活アクション映画の悪者みたいやで。みっともない。私の甥《おい》に、そんなやくざな様子の人間はいてほしくないねんけれどな」

「堪忍してくれ、伯母さん。まだあちこちが痛い。説教は元気になってから、たっぷり聞くから」

「事件に関しては、私らの関与するところではないのは分かってる。そのうち、新聞かなにかで報道されるやろ。ただな、あんたが無茶をしたことは忘れたらあかんで。あんたは刑事やろけど、理沙のたったひとりの父親でもあるんや」

昌子はそこまで述べると、理沙の手を引いた。

「これから私と理沙と美由紀さんは、ランドセルを見にいく。あんたはここで反省しときなはれ」

「お父さん、痛い?」

理沙が尋ねてきた。短い言葉だが、目は笑っていた。亜坂はゆっくりと首を振った。理沙の目に心配している気配はなかった。自分のお父さんはとても強いのだと信じ切っている様子だった。

「痛いときは、おやつだよ」

理沙はポシェットからアルミホイルの包みを取り出して、渡してきた。その所作に昌子は美由紀を見やった。

「美由紀さんが、二人だけで話があるそうや。私らは外で待ってる」

言葉を残して昌子と理沙は病室を後にした。ベッドサイドに妻だった美由紀がたたずんだ。整った顔立ちで、亜坂と同じ年齢にしてはとても若々しい。相変わらず美しいと亜坂は思った。しかし、いつも通りに化粧気は皆無だ。

「本当にひどい顔ね。体を起こして」

亜坂はいわれて上半身を起こした。美由紀がハンカチを取り出して、まだ亜坂の顔にわずかにこびりついていた血をぬぐった。亜坂は微笑んだ。すると美由紀は手のひらで亜坂の頬を軽く叩いた。柔らかく小さな音が響き、痛みより安堵《あんど》が亜坂の頬に残った。

「馬鹿。もっと体を大事にしてよ。理沙のためにも」

一言告げると、美由紀はドアの外で待っている二人の元へと歩んでいった。病室に亜坂だけが残された。

これからどうしようかと亜坂は考えた。土橋の語ったようにしばらく静養を強いられるだろう。ちょうどいい。時間の都合がついた。昇進試験の勉強をしようか。

殴られた頬が心地よい。亜坂の理性を保ってくれる感覚がした。ただ、今の誰もが告げた言葉が気になった。それほどひどい顔なのだろうか。亜坂は一人になった病室で、机のそばにあった鏡を覗いた。

確かにひどかった。しかし少なくとも安物のちんぴらじゃない。捜査中、土橋が語った人物と取れなくもない。見ようによってはフェンシングに負けた海賊じゃないか。

土橋の語ったエロール・フリンも、こんな感じじゃなかったのか。しかしあくまで仮定だ。そもそもエロール・フリンの容貌をしらないし、そんな昔の映画を見たこともないのだから。

亜坂は理沙から渡されたアルミホイルの包みを開いた。コンデンスミルクが塗られたトーストの一片を口に入れる。とても甘かった。舌が痺れるくらいに。

解説

日下三蔵

本書『無敵犯　刑事課・亜坂誠《あざかまこと》　事件ファイル101』は、集英社文庫のために書き下ろされた浅暮三文の警察小説シリーズの第二弾である。前作『百匹の踊る猫　刑事課・亜坂誠　事件ファイル001』が刊行されたのが二〇一五年十二月だから、ちょうど一年ぶりの新作ということになる。

本書でこのシリーズを初めて手に取った方、前作の細かい内容を忘れてしまった方のために、基本的な設定をおさらいしておこう。

探偵役の亜坂誠は前作の時点で刑事になって三年目。新米ともいえないが経験が豊富でもない。妻の美由紀《みゆき》とは二年前に離婚して、一人娘の理沙《りさ》を育てているシングルファーザーだ。国立《くにたち》に住む外科医の伯母《おば》・西口昌子《にしぐちまさこ》が、必要に応じて理沙の面倒を見てくれているが、勤務時間が不規則な刑事をやめて転職した方がいいかもしれない、と思っていた。本書では刑事として昇進試験に合格して、生活基盤を安定させようと考えている。

前作で描かれたのは奇妙な誘拐事件だ。五歳の女の子が誘拐されたのだが、犯人の要求は身代金ではなく、少女の父親が社長を務める会社が巻き起こした水質汚染事件の詳細を報道すること、であった。

この事件の捜査で出会った警視庁捜査一課のベテラン刑事・土橋源造《どばしげんぞう》は、亜坂の名前が「あさか」ではなく「あざか」と濁ることから「ニゴリ」というあだ名をつける。亜坂は一見、奇矯《ききょう》な土橋の捜査方法に経験に裏打ちされた理論があることを思い知らされる。土橋のノウハウを吸収した亜坂は、刑事として急速な成長を遂げていく。

前作では四歳だった理沙は五歳となり、翌年には小学校への進学を控えていた。ランドセルを買ってもらうことになった理沙は、昌子に近所にオープンするショッピングモールを見に行きたいとせがむ。作業員たちが働く様子を見て満足した理沙は、帰りに図書館に寄りたいという。本が好きな子なのだ。

理沙は図書館でグリム童話集を読んでいた女の子と友達になる。なぜかティッシュペーパーを食べていた辻《つじ》いつきは、理沙と同い年の五歳だった。理沙がいつきに、今度家に遊びに来ないかと誘ったとき、大音響とともに図書館のガラスが割れた。爆発が起こったのだ！　そして、昌子が怪我人《けがにん》の手当てに奔走するなか、いつのまにかいつきの姿は消えていた――。

この事件を調べていた亜坂は、奇妙なことに気づき、助言を求めて警視庁に土橋を訪ねた。土橋は前作で捜査中に脳梗塞の発作を起こし、一命は取り留めたものの、外回りではなく内勤に回されていたのだ。

図書館での爆発事件は、下水道にガソリンを仕掛けたものであった。だが、調べてみると、ここ数ヶ月に近所で奇妙な事件が頻発していた。小学校の飼育小屋からウサギが盗まれて公園に放されていた事件。ゴミ屋敷で起こった小火《ぼや》さわぎは放火であった。図書館の爆発を含めて、いずれも防犯カメラの死角で犯行が行われていた。

さらにそれぞれの現場には、意味不明の落書きが残されていた。小学校には「先生」、ゴミ屋敷には「ねぼすけ」、図書館には「おこりんぼ」……。

いつきの母親の辻あいりには、夫に暴力を受け、故郷を捨てて東京に逃げてきた、という過去があった。夫の追跡を恐れて住民票も移せなかったため、東京で産んだ娘のいつきには戸籍がない。だが、水商売を転々として息を潜めて暮らしていたあいりに、何者かの手が迫っていた――。

本書はカバーや帯の内容紹介では「警察小説」というジャンル分けがなされているはずだし、もちろんそれは間違いではないのだが、一般的な警察小説のイメージからはみ出す部分に、多くの工夫が凝らされているのだ。

そもそも警察小説というのは、私立探偵や素人探偵が謎を解くミステリに対して、職業探偵である警官や刑事が謎を解くミステリを指す言葉で、特に定まった定義はない。しかし、古くは島田一男《しまだかずお》の〈捜査官〉シリーズやエド・マクベインの〈87分署〉シリーズのように、刑事たちが集団で事件を解決する作品を指すことが多かった。

一方で集団捜査を描いていても、西村京太郎《にしむらきょうたろう》の〈十津川《とつがわ》警部〉シリーズや大沢在昌《おおさわありまさ》の〈新宿鮫《しんじゅくざめ》〉シリーズのように、メインの探偵役が決まっている作品もあり、土橋らのサポートを受けながらも亜坂が自力で謎を解く本書は、こちらの系列に属する。

さらに横山秀夫《よこやまひでお》の〈D県警〉シリーズ、佐々木譲《ささききじょう》の〈道警〉シリーズ、今野敏《こんのびん》の〈隠蔽《いんぺい》捜査〉シリーズなどで、警察内部の犯罪や腐敗と刑事が対峙《たいじ》するというパターンが生まれ、この系列の作品も目立つようになってきた。

現在、さまざまな作家が警察小説を手がけているが、それらはハードボイルドやアクション小説、あるいは社会派ミステリと融合していることが多い。このシリーズも、前作では企業による環境汚染、本書では無戸籍児童の問題を扱っており、社会派ミステリの要素もある。

だが、注目していただきたいのは、刑事の集団捜査スタイルや社会問題はあくまで事件の背景であり、小説としての力点は、亜坂が散らばった手がかりを拾い集めて一歩ずつ犯人像を推理していくその過程にある、という点だ。

つまりこのシリーズはまごうかたなき警察小説でありながら、その本質は本格ミステリに近い。作者は素材の良さに寄りかかることなく、料理の腕で読者を楽しませようとしているのだ。これぞ職人作家というべきであろう。

第八回メフィスト賞を受賞したデビュー作『ダブ（エ）ストン街道』（98年／講談社→講談社文庫）のようなつかみどころのないファンタジーから、『実験小説 ぬ』（05年／光文社文庫）や『ぽんこつ喜劇』（08年／光文社）のような小説の枠組みを破壊するような実験的な作品群、あるいは自伝小説『広告放浪記』（08年／ポプラ社）から野球小説『やや野球ども』（11年／角川書店）まで何でも手がけるクセ者作家というイメージが強いから、このシリーズのようなストレートなミステリを読むと、おっと思う。だが、よく考えたら浅暮三文には『殺しも鯖《さば》もMで始まる』（02年／講談社ノベルス）という密室テーマのミステリがあり、コメディタッチの犯罪小説『ラストホープ』（04年／創元推理文庫）があった。なにより五感シリーズの『石の中の蜘蛛《くも》』（02年／集英社→集英社文庫）で第五十六回日本推理作家協会賞を受賞している、れっきとした推理作家なのだ。つまりオーソドックスな謎解きミステリは、数ある著者のレパートリーの中の一つとして、以前から書かれていたのであり、いまさら驚くには当たらなかった。

ネタバレにならない範囲でミステリとしての技巧を指摘しておくと、まず前作でも本書でも、犯人サイドの事情が最初に手際よく語られるという構成がうまい。倒叙ものの応用で、本書であれば犯人が三十数年前に教会の前に捨てられていた戸籍のない赤ん坊であることは隠されていない。

彼が国立大学でキリスト教史を専攻し、フランスに留学までしているインテリであること、名前をもじって「ダレ」というあだ名で呼ばれていることまで明かされているのに、登場人物の中の誰が「ダレ」であるのかは、なかなか分からないようになっている。これは怪しい人物を何人も配置して巧妙に真犯人の姿を隠しているからで、いわゆるレッドヘリング（偽の手がかり）の使い方が上手い、ということに他ならない。

また前作でも本書でも、理沙の行動や台詞《せりふ》が事件解決のための決定的なヒントになる、という趣向も洒落《しゃれ》ている。すべての手がかりがクライマックスに向けてサスペンスを盛り上げるように綺麗《きれい》に配置されており、誰でも読み始めたら最後まで一気にページを繰らずにはいられないだろう。

前作からやや遅れて光文社文庫から刊行された長篇『セブン　秋葉原から消えた少女』は、美貌の女性刑事・如月七《きさらぎナナ》、通称セブンが探偵役を務める新シリーズだったが、こちらでセブンとコンビを組むのも土橋刑事なのだ。つまり共通の作品世界で、それぞれ探偵役が違うシリーズを立ち上げたことになる。

新潮社の女性誌「ROLA」のネット版に連載されている『動物捜査』は、警視庁鑑識課で警察犬のハンドラーを務める原友美《はらともみ》が探偵役だ。本書でも頼りになる鑑識の岸本《きしもと》だけでなく土橋刑事も出演しており、単行本化が待たれる。

浅暮三文は複数の探偵役を用意して、それぞれの刑事たちに合った事件を担当させようとしているのだろう。このシリーズでは亜坂誠が探偵役だが、浅暮警察小説シリーズ全体の中では、併行して発生しているさまざまな事件の一つにスポットを当てたもの、ということになる。それぞれのシリーズが五冊、十冊と続くことで、ひとつの壮大なサーガになる訳だ。こういう試みの前例は、ちょっと思いつかない。

もちろん〈刑事課・亜坂誠 事件ファイル〉は、単体でも充分に楽しめるシリーズになっているので、まずは前作『百匹の踊る猫』と本書をじっくりと堪能していただきたい。そのうえで浅暮三文の警察小説がどのように発展していくのか、楽しみに待ちたいと思う。

（くさか・さんぞう　ミステリ・SF評論家）

本書はフィクションです。実在の個人・団体とはいっさい関係がありません。

本書は、集英社文庫のために書き下ろされた作品です。

集英社文庫　目録（日本文学）

赤川次郎　青きドナウの吸血鬼
赤川次郎　吸血鬼と切り裂きジャック
赤川次郎　忘れじの吸血鬼
赤川次郎　暗黒街の吸血鬼
赤川次郎　とっておきの幽霊 怪異名所巡り7
赤塚祝子　無菌病室の人びと
赤塚不二夫　人生これでいいのだ!!
阿川佐和子・檀ふみ　ああ言えばこう食う
阿川佐和子・檀ふみ　ああ言えばこう嫁行く
秋本治・原作　小説こちら葛飾区亀有公園前派出所
秋元康　7秒の幸福論
秋元康　42個の恋愛論
秋元康　恋はあとからついてくる
秋山裕美・山口マオ　元気が出る50の言葉
芥川龍之介　地獄変
芥川龍之介　河（かっぱ）童

朝井リョウ　桐島、部活やめるってよ
朝井リョウ　チア男子!!
朝井リョウ　少女は卒業しない
朝井リョウ　世界地図の下書き
朝倉かすみ　静かにしなさい、でないと
朝倉かすみ　幸福な日々があります
浅暮三文　百匹の踊る猫 刑事課・亜坂誠 事件ファイル001
浅暮三文　無敵犯 刑事課・亜坂誠 事件ファイル101
浅田次郎　鉄道員《ぽっぽや》
浅田次郎　プリズンホテル 1 夏
浅田次郎　プリズンホテル 2 秋
浅田次郎　プリズンホテル 3 冬
浅田次郎　プリズンホテル 4 春
浅田次郎　闇の花道 天切り松 闇がたり 第一巻
浅田次郎　残侠 天切り松 闇がたり 第二巻
浅田次郎　初湯千両 天切り松 闇がたり 第三巻

浅田次郎　活動寫眞の女
浅田次郎　王妃の館(上)(下)
浅田次郎　オー・マイ・ガアッ!
浅田次郎　サイマー!
浅田次郎　昭和侠盗伝 天切り松 闇がたり 第四巻
浅田次郎　ま、いっか。
浅田次郎　あやしうらめし あな かなし
浅田次郎　終わらざる夏(上)(中)(下)
浅田次郎・監修　天切り松読本 完全版
浅田次郎　椿山課長の七日間
浅田次郎　つばさよつばさ
浅田次郎　アイム・ファイン!
浅田次郎　ライムライト 天切り松 闇がたり 第五巻
阿佐田哲也　無芸大食大睡眠
飛鳥井千砂　はるがいったら
飛鳥井千砂　サムシングブルー

集英社文庫　目録（日本文学）

集英社文庫　目録（日本文学）

井形慶子　ロンドン生活はじめ！ 50歳からの家づくりと仕事
井形慶子　イギリス流 輝く年の重ね方
池井戸潤　七つの会議
池内紀　ゲーテさんこんばんは
池内紀　作家の生きかた
池内紀　二列目の人生 隠れた異才たち
池上彰　これが「週刊こどもニュース」だ
池上彰　そうだったのか！ 現代史
池上彰　そうだったのか！ 現代史 パート2
池上彰　そうだったのか！ 日本現代史
池上彰　そうだったのか！ アメリカ
池上彰　そうだったのか！ 中国
池上彰　池上彰の大衝突 終わらない巨大国家の対立
池澤夏樹 写真・芝田満之　カイマナヒラの家
池澤夏樹　憲法なんて知らないよ
池澤夏樹　パレオマニア 大英博物館からの13の旅

池澤夏樹　異国の客
池澤夏樹　叡智の断片
池澤夏樹　セーヌの川辺
池田理代子　ベルサイユのばら全五巻
池田理代子　オルフェウスの窓全九巻
池永陽　走るジイサン
池永陽　ひらひら
池永陽　コンビニ・ララバイ
池永陽　でいごの花の下に
池永陽　水のなかの螢
池永陽　青葉のごとく 会津純真篇
池波正太郎　スパイ武士道
池波正太郎　天城峠
池波正太郎・選 日本ペンクラブ編　捕物小説名作選一
池波正太郎・選 日本ペンクラブ編　捕物小説名作選二
池波正太郎　幕末遊撃隊

伊坂幸太郎　終末のフール
伊坂幸太郎　仙台ぐらし
伊坂幸太郎　残り全部バケーション
石川恭三　心に残る患者の話
石川恭三　定年の身じたく 生涯青春！をめざす医師からの提案
石川恭三　生へのアンコール
石川恭三　医者が見つめた老いを生きるということ
石川恭三　医者いらずの本
石川恭三　定年ちょっといい話 閑中忙あり
石川恭三　50代からの男の体にズバッと効く本
石川直樹　全ての装備を知恵に置き換えること
石川直樹　最後の冒険家
石倉昇　ヒカルの碁勝利学
石田衣良　エンジェル
石田衣良　娼《しょう》年《ねん》
石田衣良　スローグッドバイ

集英社文庫　目録（日本文学）

石田衣良　1ポンドの悲しみ
石田衣良　愛がいない部屋
石田衣良　空は、今日も、青いか？
石田衣良他　恋のトビラ　好き、やっぱり好き。
石田衣良　答えはひとつじゃないけれど　石田衣良の人生相談室
石田衣良　逝《せい》年《ねん》
石田衣良　傷つきやすくなった世界で
石田衣良　REVERSE　リバース
石田衣良　坂の下の湖
石田衣良　北斗　ある殺人者の回心
石田雄太　桑田真澄　ピッチャーズ　バイブル
石田雄太　イチローイズム
伊集院静　むかい風
伊集院静　機関車先生
伊集院静　宙ぶらん
伊集院静　いねむり先生

泉鏡花　高《こう》野《や》聖《ひじり》
一条ゆかり　実戦！　恋愛倶楽部
一条ゆかり　正しい欲望のススメ
一田和樹　天才ハッカー安部響子と五分間の相棒
一田和樹　女子高生ハッカー鈴木沙穂梨と0.02ミリの冒険
五木寛之　こころ・と・からだ
五木寛之　雨の日には車をみがいて
五木寛之　不安の力
五木寛之　新版　生きるヒント1　自分を発見するための12のレッスン
五木寛之　新版　生きるヒント2　今日を生きるための12のレッスン
五木寛之　新版　生きるヒント3　癒しの力を得るための12のレッスン
五木寛之　新版　生きるヒント4　ほんとうの自分を探すための12のレッスン
五木寛之　新版　生きるヒント5　人生にときめくための12のレッスン
伊東乾　さよなら、サイレント・ネイビー　地下鉄に乗った同級生
伊藤左千夫　野菊の墓
絲山秋子　ダーティ・ワーク

乾ルカ　六月の輝き
井上荒野　森のなかのママ
井上荒野　ベーコン
井上荒野　そこへ行くな
井上ひさし　ある八重子物語
井上ひさし　不忠臣蔵
井上光晴　明日　一九四五年八月八日・長崎
井上夢人　あくむ
井上夢人　パワー・オフ
井上夢人　風が吹いたら桶屋がもうかる
井上夢人　the TEAM　ザ・チーム
今邑彩　よもつひらさか
今邑彩　いつもの朝に(上)(下)
今邑彩　鬼
伊与原新　博物館のファントム　箕作博士の事件簿
岩井志麻子　邪悪な花鳥風月

集英社文庫 目録（日本文学）

集英社文庫　目録（日本文学）

集英社文庫

無敵犯《むてきはん》 刑事課《けいじか》・亜坂誠《あざかまこと》 事件《じけん》ファイル101

2016年12月25日 第1刷 定価はカバーに表示してあります。

著 者 浅暮三文《あさぐれみつふみ》

発行者 村田登志江

発行所 株式会社 集英社

東京都千代田区一ツ橋2-5-10 〒101-8050

電話 【編集部】03-3230-6095

【読者係】03-3230-6080

【販売部】03-3230-6393(書店専用)

印 刷 図書印刷株式会社

製 本 図書印刷株式会社

フォーマットデザイン アリヤマデザインストア マークデザイン 居山浩二

ISBN978-4-08-745528-1 C0193